Bibliothek César Aira

Band 6

Aus dem Spanischen
von Christian Hansen

César Aira
Die Schneiderin
und der Wind

 Matthes & Seitz Berlin

In den letzten Wochen, schon vor meiner Ankunft in Paris, war ich auf der Suche nach einer Handlung für den Roman, den ich schreiben will: ein Abenteuerroman, wo eins aufs andere folgt, einfallsreich und voller Wunder. Bis jetzt ist mir nichts eingefallen, nur den Titel habe ich seit Jahren im Kopf und klammere mich an ihn mit der Hartnäckigkeit der Leere: »Die Schneiderin und der Wind«. Die Heldin muss eine Schneiderin sein, aus der Zeit, als es noch Schneiderinnen gab ... und der Wind ihr Gegenspieler, sie sesshaft, er unstet, oder umgekehrt; unstet die Kunst, festgefügt die Turbulenz. Sie das Abenteuer, er das Schnürchen, an dem alles abläuft ... Es könnte irgendetwas sein, tatsächlich sollte es irgendetwas sein, irgendeine Laune oder alle zusammen, wenn eins sich ins andere zu verwandeln beginnt ... Endlich einmal will ich mir alle Freiheiten erlauben, die unwahrscheinlichsten eingeschlossen ... Wobei das Unwahrscheinlichste, muss ich zugeben, darin bestünde, dass dieses Programm funktioniert. Das Wehen der Einbildungskraft erfasst einen nur, wenn man es sich nicht, oder besser: wenn man sich das Gegenteil vorgenommen hat. Außerdem gilt es, eine gute Handlung zu finden.

Nun, vergangene Nacht, diesen Morgen, es dämmerte eben und ich schlief noch halb oder schlief tiefer, als ich dachte, fiel mir etwas ein, reichhaltig, vielschichtig, unerwartet. Nicht alles, nur der Anfang, aber es war genau, was ich brauchte, worauf ich gewartet hatte. Dass der Protagonist ein Mann war, störte nicht weiter, weil ich ihn zum Mann der Schneiderin machen konnte ... Wie auch immer, als ich erwachte, hatte ich alles vergessen. Ich erinnerte mich nur, dass ich es gehabt hatte und dass es gut und schon wieder weg war. In solchen Fällen, das weiß ich aus Erfahrung, lohnt es nicht, sich das Hirn zu zermartern, weil nichts wiederkommt, weil es vielleicht nichts gibt, nie etwas gegeben hat, außer das vollkommen unbegründete Gefühl, dass doch etwas da war ... Gleichwohl ist das Vergessen nicht vollständig; ein kleiner, vager Rest bleibt, von dem ich mir einbilde, ein Ende würde herausschauen, an dem ich ziehen und ziehen könnte ... obwohl ich dann, um im Bild zu bleiben, wenn ich an diesem Faden zog, am Ende die Figur der Stickerei aufdröseln würde und mit einem blanken Faden zwischen den Fingern dastünde, der nichts bedeutete ... Es geht um ... Mal sehen, ob ich das in ein paar Sätzen sagen kann: Ein Mann hat eine sehr genaue und konkrete Vorahnung von drei, vier miteinander verknüpften Ereignissen, die in der unmittelbaren Zukunft geschehen werden. Keine Ereignisse, die ihm, sondern die drei, vier Nachbarn zustoßen werden, auf dem Land. Er setzt sich schleunigst in Bewegung, um seinen Wissensvorsprung zu nutzen: Eile tut not, denn die Wirkung des Tricks beruht darauf, rechtzeitig an den Punkt zu gelangen, an dem sich die Ereignisse überschneiden ... Er läuft von einem Haus zum nächsten, wie eine Billardkugel im Zickzack durch die Pampa ... Bis hierhin komme ich. Mehr sehe ich nicht ... Was ich in der Tat am wenigsten sehe, ist die Romantauglichkeit der Sache. Ich bin sicher, dass jener irrsinnige Aufruhr in eine bewundernswerte, präzise Mechanik eingebunden war, welche, weiß ich nicht mehr. Das Codewort ist gelöscht. Oder ist es das, was ich mit meiner willentlichen Arbeit beisteuern muss? Wenn das stimmt, ist der Traum völlig nutzlos, und ich stehe wie zuvor mit leeren Händen da, oder schlimmer. Aber ich sträube mich, ihn aufzugeben, und bei diesem Sträuben fällt mir ein, dass es etwas anderes gibt, das ich aus den Trümmern des Vergessens retten könnte, und das ist eben das Vergessen selbst. Sich des Vergessens zu bemächtigen ist kaum mehr als eine Geste, aber eine, die hinsichtlich meiner Theorie der Literatur konsequent wäre, zumindest hinsichtlich meiner Verachtung der Erinnerung als Instrument des Schriftstellers. Das Vergessen ist viel reicher, viel freier, viel mächtiger … Und etwas davon musste an der Wurzel jenes Traumbildes vorhanden sein, denn die seriellen Prophetien, so zweifelhaft, so bar jeden Inhalts sie sind, scheinen alle auf einen Kulminationspunkt von Auflösung, Vergessen, reiner Wirklichkeit zuzusteuern. Auf ein multiples, unpersönliches Vergessen. In Klammern sei noch angemerkt, dass jenes besondere Vergessen, das die Träume auslöscht, sehr speziell und meinen Zielen überaus zuträglich ist, beruht es doch auf dem Zweifel an der realen Existenz dessen, woran wir uns erinnern sollen; ich vermute, dass wir in den meisten, wenn nicht in allen Fällen, etwas nur vergessen wähnen, was in Wirklichkeit nicht passiert ist. Wir haben gar nichts vergessen. Das Vergessen ist reine Empfindung.

Das Vergessen wird zur reinen Empfindung. Es lässt den Gegenstand fallen wie im Falle eines Verschwindens. Was dann fällt, in die schwerkraftlosen Strudel des Abenteuers, ist unser ganzes Leben, dieser Gegenstand der Vergangenheit.

In meinem Leben hat es wenig Abenteuer gegeben. Gar keins eigentlich. Ich kann mich an keines erinnern. Und ich halte das nicht für Zufall, so wie wenn einer nach reiflicher

Überlegung erstaunt feststellt, dass er in diesem Jahr noch keinen einzigen Zwerg gesehen hat. Mein Leben muss die Form dieser Abwesenheit von Abenteuern haben, was bedauerlich ist, sicher wären sie eine gute Inspirationsquelle. Aber ich habe es mir so ausgesucht, und in Zukunft werde ich absichtlich so verfahren. Als ich vor ein paar Tagen, noch bevor ich aufbrach, nachdachte, kam ich zu dem Schluss, dass ich nie wieder reisen werde. Ich werde nicht auf Abenteuersuche gehen. Eigentlich bin ich nie gereist. Diese Reise kann, genau wie die vorige (als ich *Das Weinen* schrieb), zu Nichts werden, zu einem Schnörkel der Einbildungskraft. Wenn ich jetzt in den Cafés von Paris *Die Schneiderin und der Wind* schreibe, wie ich es mir vorgenommen habe, dann um den Prozess zu beschleunigen. Welchen Prozess? Einen, der keinen Namen, keine Form, keinen Inhalt hat. Auch keine Ergebnisse. Wenn er mir überleben hilft, dann so, wie ein kleines Geheimnis, ein Rätsel es hätte tun können. Ich glaube, es muss immer diesen irrlichternden Spannungspunkt geben, um einen Prozess in Gang zu halten. Aber am Ende wird nichts dabei herauskommen, auch am Anfang nicht, der Entschluss ist im Voraus gefasst: Ich werde nie wieder reisen. Plötzlich befinde ich mich in einem Café in Paris, schreibe, verleihe anachronistischen Entschlüssen Ausdruck, gefasst mitten im Herzen der Angst vor Abenteuern (in einem Café in Flores, meinem Viertel). Es könnte einer glatt glauben, er habe noch ein Leben, zusätzlich zu seinem eigenen, und logischerweise glauben, er habe es an einem anderen Ort, wo es auf ihn wartet. Aber er braucht nur ein einziges Mal die Probe zu machen, um festzustellen, dass dem nicht so ist. Es braucht nur eine Reise (ich habe zwei gemacht). Es gibt nur ein Leben, und das ist an seinem Platz. Trotzdem muss etwas passiert sein. Wenn ich geschrieben habe, dann nur, um Vergessen zwischen mich und mein Leben zu legen. Damit hatte ich Erfolg. Wenn eine Erinnerung auftaucht, bringt sie nichts mit, nur die Kombinatorik zwischen ihr und ihren negativen Überbleibseln. Dazu der Wirbel. Und ich. Irgendwie haben die Schneiderin und der Wind damit zu tun, sie passen am besten zu diesem seltsamen Treffen, fast würde ich sagen, sie allein sind ihm angemessen. Ich wollte, sie wären die reine Erfindung meiner Seele, jetzt, da man mir die Seele entfernt hat. Aber sie sind es ganz und gar nicht, könnten es gar nicht sein, denn sie sind von der Wirklichkeit, oder sagen wir, von der Vergangenheit infiziert. Ich errichte Barrieren, die ich mir riesig groß wünschte, um die Invasion aufzuhalten, obwohl ich weiß, dass ich auf verlorenem Posten stehe. Ich hatte kein abenteuerliches Leben, um mich nicht mit Erinnerungen zu belasten ... Vielleicht ist es meine ganz persönliche Ansicht, aber ich empfinde ein unbezwingliches Misstrauen, wenn ich sagen höre, die Einbildungskraft werde schon alles richten.

»Die Einbildungskraft, diese wunderbare Fähigkeit, tut, wenn man ihr keine Zügel anlegt, nichts, als sich auf die Erinnerung zu stützen.

Die Erinnerung bringt gefühlte, gehörte oder gesehene Dinge ans Licht, ein bisschen so, wie den Wiederkäuern ein Grasklumpen hochkommt. Er mag gekaut sein, verdaut und verarbeitet ist er nicht.« (Boulez)

Es ist kein Zufall, sagte ich. Ich habe ein biografisches Motiv für meine Behauptungen. Meine erste Erfahrung, das erste jener Ereignisse, die Spuren hinterlassen, war ein Verschwinden. Ich muss acht oder neun gewesen sein und spielte mit meinem Freund Omar auf der Straße, als uns die Idee kam, auf einen leeren Lastwagenanhänger zu klettern, der an der Straße vor unseren Häusern parkte (wir waren Nachbarn). Die Ladefläche bildete ein riesiges Rechteck, zimmergroß, mit drei hohen hölzernen Seitenwänden und einer fehlenden vierten, der rückwärtigen. Sie war vollkommen leer und sauber. Wir spielten Angsteinjagen, was seltsam ist, weil Mittagszeit war, wir keine Masken, Verkleidungen oder dergleichen hatten und dieser Ort von allen, die wir uns hätten aussuchen können, der geometrischste und überschaubarste war. Es handelte sich um ein reines Psychologie- und Fantasiespiel. Ich weiß nicht, wie wir, als die zwei halbverwilderten

Kinder, die wir waren, auf etwas so Subtiles verfallen konnten, aber so sind Jungen. Und am Ende funktionierte das mit der Angst besser, als wir erwartet hatten. Beim ersten Versuch schon nahm sie überhand. Omar begann. Ich setzte mich nahe des hinteren Rands auf den Boden, er stellte sich an die vordere Wand. Er sagte »los« und begann mit schwerem, langsamem Schritt auf mich zuzugehen, ohne zu grimassieren oder zu gestikulieren (das war nicht nötig) ... Das Entsetzen, das in mir aufstieg, war so groß, dass ich die Augen geschlossen haben muss. Als ich sie aufschlug, war Omar fort. Gelähmt, beklommen, wie in einem Alptraum, wollte ich mich bewegen und konnte nicht. Es war, als erdrückte mich ein Wind von allen Seiten gleichzeitig. Ich fühlte mich verbogen und verdreht, die beiden Ohren auf der einen Seite, beide Augen auf der anderen, ein Arm entrang sich meinem Bauchnabel, der andere ragte aus dem Rücken, der linke Fuß saß am rechten Oberschenkel ... Hingekauert wie eine achtdimensionale Kröte ... Ich hatte den mir überaus vertrauten Eindruck, verzweifelt zu rennen, um vor einer Gefahr, einem Grauen zu fliehen ... vor dem kauernden Monster, das jetzt ich selbst war. Anhalten konnte ich erst an völlig sicherem Ort.

Plötzlich, ich weiß nicht wie, befand ich mich in der Küche meines Hauses, hinter dem Esstisch. Meine Mutter stand mit dem Rücken zu mir an der Spüle und schaute aus dem

Fenster. Sie arbeitete, kochte und hantierte nicht, was für eine klassische Hausfrau äußerst merkwürdig war, die ja immer irgendetwas tat, aber ihre Unbeweglichkeit war voller Ungeduld. Das wusste ich, weil ich mit ihr in telepathischer Verbindung stand. Und sie mit mir: Sie musste meine Anwesenheit gespürt haben, denn auf einmal drehte sie sich um und sah mich. Sie stieß einen Schrei aus, wie ich ihn nie wieder von ihr gehört habe, griff sich mit einem Ausdruck und einem Stöhnen qualvoller Angst, schluchzend fast, an den Kopf, wie sie derlei mir gegenüber nie zuvor an den Tag gelegt hatte, wovon ich aber schon damals wusste, dass es zum Repertoire ihrer Ausdrucksmöglichkeiten gehörte. Es sah so aus, als wäre etwas Unvorstellbares, Unmögliches geschehen.

Dem Geschrei, mit dem sie mich traktierte, als sie wieder artikulieren konnte, entnahm ich, Omar sei mittags gekommen, um zu sagen, dass ich mich versteckt hätte und nicht wieder herauskommen wolle, allen Rufen und der Ankündigung zum Trotz, dass er nicht mehr mitspielen würde und nach Hause müsse. Solche Verstocktheiten waren typisch für mich, aber als Stunde um Stunde verstrich, stieg die allgemeine Besorgnis, Mama beteiligte sich an der Suche, und schließlich hatte sich auch Papa eingeschaltet (das war die höchste Alarmstufe), der noch immer nach mir suchte, unterstützt von Omars Vater und ich weiß nicht welchen Nachbarn noch, eine regelrechte Razzia in der näheren Umgebung, und sie hatte nichts tun können, hatte nicht mit den Vorbereitungen zum Abendessen begonnen, hatte sich nicht einmal dazu aufraffen können, Licht zu machen ... Ich bemerkte, dass das Licht tatsächlich schon dunkelgrau und die Nacht fast hereingebrochen war. Aber ich war doch die ganze Zeit über da! Ich sagte das nicht laut, weil ich vor Erregung nicht sprechen konnte. Ich doch nicht, sie irrten sich ... Verschwunden war vielmehr Omar! Man musste das seiner Mutter sagen, auf ihn musste sich die Suche richten. Was jetzt, wo es Nacht wurde, viel schwieriger sein dürfte, dachte ich in einem Anfall von Verzweiflung. Ich fühlte mich schuldig ob der verlorenen Zeit und begriff zum ersten Mal, was es mit ihrer Unwiederbringlichkeit auf sich hatte.

Unglaublich, welche Geschwindigkeit eine Folge von Ereignissen annehmen kann, deren Ausgangspunkt eher statisch war. Schwindelerregend; die Ereignisse folgen schon gar nicht mehr aufeinander, sie werden simultan. Das beste Mittel, um sich das Gedächtnis vom Leib zu halten, um jede Erinnerung zu einem Anachronismus zu machen. Ausgehend von meinem erwähnten Lapsus passierte nun alles gleichzeitig. Besonders für Delia Siffoni, Omars Mutter. Das Verschwinden ihres Sohnes war ein schwerer Schlag, schlug ihr aufs Gemüt, was mich hätte wundern müssen, denn sie war kein emotionaler Typ: sie war eine jener damals in Pringles, seinen ärmlichen Außenbezirken, wo wir wohnten, häufig anzutreffenden Frauen, die in der Regel, bevor sie für immer zu gebären aufhörten, ein Einzelkind bekamen, einen Sohn, den sie mit einer gewissen strengen Abneigung erzogen. Alle meine Freunde waren Einzelkinder, alle ungefähr im gleichen Alter, alle mit dieser Sorte von Müttern gesegnet. Sauberkeitsfanatikerinnen, die einen keinen Hund haben ließen und wie Witwen wirkten. Und immer mit männlichem Einzelkind. Keine Ahnung, wie es später in Argentinien noch hat Frauen geben können.

Delia Siffoni war in ihrer Kindheit eine Freundin meiner Mutter gewesen. Später hatte sie das Städtchen verlassen, und als sie zurückkam, verheiratet, mit einem sechs oder sieben Jahre alten Jungen im Gepäck, wollte es der Zufall, dass sie zur Miete in das Haus neben unserem zog. Die Freundinnen von einst trafen sich wieder. Und wir beide, Omar und ich, wurden unzertrennlich, den ganzen Tag waren wir zusammen auf der Straße. Unsere Mütter dagegen wahrten jene von Missgunst gefärbte Distanz, die für die ortsansässigen Frauen typisch war. Mama fand viel an ihr auszusetzen, aber das war so etwas wie ein Hobby von ihr. In erster Linie, dass sie verrückt war, nicht ganz richtig im Kopf, was strenggenommen auf alle diese Frauen zutraf. Dann ihr Reinlichkeitsfimmel; Delia war, das muss man zugeben, in der Hinsicht ein Paradebeispiel. Die gute Stube hielt sie eisern unter Verschluss, niemand durfte sie je betreten, unter welchem Vorwand auch immer. Das einzige Schlafzimmer funkelte und blitzte, ebenso die Küche. Mehr als diese drei Räume gab es nicht im Haus, das eine exakte Kopie des unsrigen war. Mehrmals täglich fegte sie beide Höfe, den vorderen und den hinteren, einschließlich des Hühnerstalls; und der Gehweg aus gestampfter Erde wurde ständig gesprengt. Das übernahm sie. Unter uns nannten wir sie »das Täubchen«, ihrer Nase und der Augen wegen; meine Mutter war Spezialistin im Finden von Tiervergleichen. Anteil daran hatte auch Delias ein wenig gurrende, überhastete Art zu sprechen, ebenso die Art, wie sie sich aufführte und bewegte, wenn sie auf der Straße stand (sie war ständig draußen, noch ein Kritikpunkt), diese Trippelschritte, mit denen sie sich zu entfernen schien und zu ihrem Gesprächspartner zurückkehrte, unzählige Male lief sie hin und her, immer fiel ihr etwas ein, das sie noch sagen musste ...

Delia hatte einen Beruf, womit sie unter den Frauen des Viertels, allesamt Hausfrauen und Mütter wie meine eigene, eine Ausnahme bildete. Sie war Schneiderin (ausgerechnet Schneiderin, so ein Zufall, wie ich erst jetzt merke) und hätte mit der Arbeit ihren Lebensunterhalt bestreiten können, was sie auch tat, denn ihr Mann hatte zwar irgendeine vage

Anstellung im Transportwesen, aber im Großen und Ganzen konnte man nicht behaupten, dass er arbeitete. Sie war eine angesehene Schneiderin, zuverlässig und penibel, doch besaß sie einen grauenvollen Geschmack. Sie erledigte alles perfekt, aber man musste ihr ganz genaue Vorgaben machen und bis zum letzten Moment ein Auge auf sie haben, damit sie nicht ihren verhängnisvollen Eingebungen folgend alles verdarb. Aber sie war schnell, blitzschnell. Wenn die Kundinnen zur Anprobe kamen … Es gab vier Anproben, in Pringles' Modeschneiderei ein ehernes Gesetz. Bei Delia verschmolzen die vier Anproben zu einem Augenblick, außerdem war das Kleidungsstück immer schon vorher fertig. Zeit, seine Meinung zu ändern, hatte man bei ihr keine, nicht im Geringsten. Das hatte sie schon viel Kundschaft gekostet. Ständig verlor sie Kundinnen; ein Wunder, dass ihr überhaupt noch welche blieben. Aber es tauchten immer wieder neue auf. Ihre übernatürliche Geschwindigkeit zog sie an wie das Kerzenlicht die Motten.

Im Sommer weckten mich die Vögel. Wir hatten ein einziges Schlafzimmer für die ganze Familie, das nach vorne raus lag, zur Straße hin. Mein Bettchen stand unter dem Fenster. Meine Eltern, Leute vom Land, waren es gewohnt, bei geschlossenem Fenster zu schlafen; ich aber hatte im Billiken

17

gelesen, dass es gesünder sei, es nachts offen zu lassen, weshalb ich, wenn alle schliefen, im Bett aufstand und es öffnete, nur einen Spalt breit, ohne das kleinste Geräusch zu machen. Das Geschrei der Vögel in den Bäumen gegenüber traf mich vor allen anderen. So erwachte ich immer als Erster, aufgeschreckt von dieser Prise schriller Spitzen, wie ich auch der Letzte war, der nach einer unendlichen Folge von Horrorvorstellungen einschlief. Und doch war meine Mutter immer nach mir eingeschlafen und vor mir wieder aufgewacht. Ich erfuhr davon auf Umwegen, durch irgendeine Bemerkung, außerdem wusste ich, dass sie bis spät nach Mitternacht aufblieb, um zu stricken, zu nähen, Radio zu hören, Klavier zu spielen – Letzteres eine seltsame Beschäftigung, aber sie war Dorfpianistin gewesen, hatte tagsüber keine Zeit zum Üben, und ich wachte davon nicht auf. Wenn mich die Vögel weckten, werkelte sie schon seit geraumer Zeit herum. Keine Ahnung, wie das sein konnte, denn ohne die eine Wirklichkeit zu verleugnen, glaubte ich weiter an die andere: Ich wachte, während sie schlief, sah sie sogar schlafen (mir ist, als sähe ich sie noch), tief schlafen, an den Schlaf verloren, der sie verschönerte. Ihr Wachen kam ihr im Schlaf abhanden. Ob sie schlafwandelte? In diesem Sinne verbuchte ich die eigenartige Gewohnheit, mitten in der Nacht Klavier zu spielen (Clementi, Mozart, Chopin, Beethoven und eine Transkription von *Lucia di Lammermoor*). Gehört habe ich es nie, sie musste sich vorher vergewissert haben, dass ich fest schlief, aber bis heute kann ich mir die übernatürlich beruhigende Empfindung dieser nächtlichen Musik ins Gedächtnis rufen, wo jede Note alle Knoten meines Lebens löste. Daher muss meine gequälte Leidenschaft für die Musik rühren, für die Musik, die ich nicht verstehe, die seltsamste, absurdeste, avantgardistischste – keine scheint mir avanciert und unverständlich genug. Als Erwachsener entdeckte ich, dass meine Mutter enorm viel schlief, sie war eine vom Schlaf Begünstigte, eine Königin des Schlafs, eine von denen, die immer schlafen können, das ganze Leben, wenn sie es darauf anlegten. Damals aber kokettierte sie mit der Schlaflosigkeit, und wenn sie zufällig auf die Nacht zu sprechen kam, dann um zu sagen »Ich habe kein Auge zugetan«. Wie alle Kinder musste ich ihr aufs Wort glauben. Auch ich war einst ein König des Schlafs, ein echtes Murmeltier.

Im Sommer erwachte ich in aller Herrgottsfrühe mit den Vögeln, denn es wurde sehr früh hell, viel früher als jetzt. Damals änderte sich die Uhrzeit noch nicht mit der Jahreszeit, außerdem lag Pringles weit im Süden, wo die Tage länger waren. Um vier, glaube ich, begann der Chor der Vögel. Aber einer war darunter, ein Vogel, der mich in den Morgendämmerungen jenes Sommers weckte, ein Vogel mit dem schönsten und seltsamsten Gesang, den man sich nur träumen kann. Nie wieder habe ich so etwas gehört. Es war ein atonales

Zwitschern, irrsinnig modern, eine Zufallsmelodie aus hellen, reinen, kristallinen Noten. Was sie so besonders machte, war ihre Unvorhersehbarkeit, als gäbe es eine Tonleiter, und der Vogel würde sich daraus vier, fünf Noten herauspicken, in einer Ordnung, die systematisch jeder Erwartung zu spotten schien. Aber die Ordnung kann nicht *immer* unerwartet sein, eine solche Methode gibt es nicht; noch der Zufall musste dazu beitragen, irgendeine Erwartungshaltung zu treffen, das verlangt das Gesetz der Wahrscheinlichkeit. Und trotzdem, nein.

In Wirklichkeit war es kein Vogel. Es war der Lastwagen von Señor Siffoni, wenn er angekurbelt wurde. Zu jener Zeit musste man Autos vorne ankurbeln, um den Motor zum Laufen zu bringen. Es handelte sich um ein uraltes Vehikel, einen kleinen viereckigen Laster aus rotem Blech, der es aus unerfindlichen Gründen noch immer tat. Auf das wundersame Trillern folgten das pathetische Husten des Motors. Ich frage mich, ob es nicht das war, was mich weckte, und stellte mir den vorangegangenen Gesang vor. Noch heute habe ich regelmäßig jene Aufwachträume. Jenes lieferte ihnen das Muster.

Der kleine rote Laster stach gegen die reinen, schönen Farben von Pringles' Morgendämmerung ab: der perfekt blaue Himmel, das Grün der Bäume, die goldene Erde unserer Straßen. Der Sommer war die einzige Jahreszeit, in der Ramón Siffoni als Fahrer arbeitete. Das übrige Jahr erholte er sich. Meinen Eltern zufolge, die ihn dafür kritisierten, arbeitete er selbst in dieser Zeit nicht viel. Er würde nicht mal früh aufstehen, sagten sie (aber ich kannte die Wahrheit).

Direkt neben dem Haus, auf der anderen Seite, lebte ein Lastwagenfahrer, ein richtiger, berufstätiger. Er besaß einen riesigen, hochmodernen Lastwagen mit Anhänger (just der Anhänger, in dem Omar und ich an jenem verhängnisvollen Mittag gespielt hatten) und machte lange Touren bis zu den entferntesten Enden Argentiniens. Nicht nur im Sommer, und keine Gelegenheits- und Schönwetterfuhren wie Siffoni in seinem Spielzeuglaster, sondern richtig ernst. Er hieß Chiquito und war ein entfernter Verwandter von uns, und manchmal, wenn ich mitten im Winter noch im Dunkeln zur Schule ging, hatte er mir an der Tür einen Schneemann hinterlassen, zum Zeichen, dass er zu einer langen Tour aufgebrochen war.

Der Schneemann ... die Hochglanzpostkarte des kleinen roten Lasters in der hellblauen und grünen Dämmerung ... Das Fest der Sinne. Und all das taumelte plötzlich ins Verschwinden.

Meine Eltern waren realistische Leute, die der Phantasie feindlich gegenüberstanden. Alles beurteilten sie anhand der Arbeit, ihrem universalen Maßstab zur Bewertung ihres Nächsten. Alles andere hatte sich diesem Kriterium zu beugen, was ich en bloc und widerspruchslos geerbt habe: immer habe ich die Arbeit höher geschätzt als alles andere; sie ist mein Gott und meine universale Richtschnur; aber gearbeitet habe ich nie, hatte es nie nötig zu arbeiten, und meine Verehrung enthob mich der Verlegenheit, es aus schlechtem Gewissen oder dem Gerede der Leute wegen zu tun.

In den Unterhaltungen bei mir zu Hause war es üblich, die Vorzüge von Nachbarn und Bekannten Revue passieren zu lassen. Ramón Siffoni war einer von denen, die bei dieser Sondierung schlecht wegkamen. Seine Frau entging der Verurteilung nicht, weil meine Eltern, realistisch wie sie waren, Ehefrauen niemals zu Opfern des Müßiggangs ihrer Männer erklärten. Dass sie auch arbeitete, in unserem Milieu eine echte Seltenheit, erteilte ihr keinen Freibrief, machte sie im Gegenteil nur noch verdächtiger. Diese dünne, kleine, vogelgesichtige und hochgradig neurotische Schneiderin, deren Arbeitszeiten unmöglich zu erraten waren, da sie immer tratschend in der Tür stand, was tat sie in Wirklichkeit? Geheimnis. Das Geheimnis war Teil des Urteils, denn meine Eltern konnten realistischerweise nicht die Augen davor verschließen, dass der Lohn der Arbeit willkürlich war, allzu oft unverdient. Die rätselhafte Göttlichkeit der Arbeit verkörperte sich, in negativer Suspendierung des Urteils, in Delia Siffoni. Mama vermochte die von ihr stammenden

22

Kleidungsstücke an jeder Frau aus dem Ort zu erkennen (klar, sie kannte ja auch alle), perfekt und detailverliebt bis zur Verrücktheit, vor allem an den späten Samstagabenden auf der »Hundeausführrunde«, und gab hinterher Delia davon Bericht; mir kam sie ein wenig heuchlerisch vor, aber ihre Mechanismen waren mir nicht ganz klar. Immerhin sind die Epiphanien, ebenso wie die Heuchelei, Teil der göttlichen Umgangsformen.

Genau in diesem Moment ihres beruflichen Lebens, ihres Lebens überhaupt, war Delia in eine sozusagen maßgeschneiderte Falle getappt. Silvia Balero, Zeichenlehrerin, vermeintlich stilles Wasser und angehende alte Jungfer, wollte Knall auf Fall heiraten. Dem äußeren Erscheinungsbild zuliebe sollte dies kirchlich geschehen, in Weiß. Und das Brautkleid gab sie bei Delia in Auftrag. Da sie Künstlerin war, lieferte die Balero selbst den Entwurf, eine gewagte, unerhörte Kreation, und brachte aus Bahía Blanca, wohin sie regelmäßig in ihrem winzigen Wägelchen fuhr, zentnerweise Tüll und Chiffon mit, alles aus Nylon, was der letzte Schrei war. Auch den ebenfalls synthetischen Nähfaden brachte sie mit, Litze aus perliertem Ban-Lon. Ihre Zeichnungen ließen nicht das kleinste Detail unberücksichtigt, außerdem machte sie es sich zur Pflicht, beim Zuschnitt und ersten Zusammenheften dabei zu sein: Sie wusste schon, dass man der Schneiderin genau auf die Finger schauen musste. Nun war aber Delia ausgesprochen bigott mehr als der Durchschnitt, und ihr Verhalten in dieser Hinsicht geradezu perfide; jahrelang hatte sie jede moralische Unregelmäßigkeit im Städtchen genau registriert. Und als ihre Bekannten, mit denen sie von morgens bis abends tratschte, ihr Fragen zu stellen begannen (denn der Fall Balero wurde genüsslich verhandelt), zeigte sie sich peinlich berührt und drohte unter anderem damit, dieses Kleid, das scheinheilige Kostüm der weißen Schande, nicht zu nähen ... Aber natürlich würde sie es nähen! Einen solchen Auftrag gab es nur einmal im Jahr, wenn überhaupt. Und mit einem Nichtsnutz als Ehemann, so die einhellige Meinung im Viertel, durfte sie sich moralische Befindlichkeiten verkneifen. Die Situation war genau auf sie zugeschnitten, denn eine Geschwindigkeit überlagerte die andere. Wenn sie zu Werke ging, das sagte ich schon, fielen die Anproben mit dem letzten Nadelstich zusammen ... Eine Schwangerschaft ist von bestimmter Dauer und Geschwindigkeit, will sagen: Langsamkeit; doch hier ging es nicht um eine Babyausstattung; im Fall von Silvia Balero gab es einen Anachronismus des Timings, der im örtlichen Leben große Beachtung fand. Die Zeremonie, das weiße Kleid, der Ehemann ... Alles musste auf einen Schlag erledigt sein, augenblicklich, im Handumdrehen, nur so funktionierte es. In Wirklichkeit funktionierte es nicht, weil alle selbsternannten Meinungsträger, die Silvia etwas angehen konnten, schon auf der Hut waren. Wie um sich zu überlegen, warum sie sich solche Mühe machte. Wahrscheinlich weil sie musste.

Sie war ein Mädchen, das den Zwanzigern entwachsen war, ohne einen Verlobten, ohne Heirat. Auf ihre Weise eine Professionelle. Sie hatte Malerei oder etwas in der Art an einer Kunstakademie in Bahía Blanca studiert; gab Unterricht an der Nonnenschule (ihre Anstellung war gefährdet), am staatlichen Gymnasium und für Privatschüler, organisierte Ausstellungen, all das. Sie war nicht nur eine diplomierte Zeichenlehrerin, sondern auch eine Kunstliebhaberin, fast eine Avantgardistin. Es stimmt, weiter als bis zum Impressionismus war sie nicht gekommen, aber in dem Punkt sollten wir nicht zu streng sein. Den Pringlensern musste man damals den Impressionismus erklären und mutig die ganze Geschichte von vorn erzählen. An Mut fehlte es ihr nicht, obwohl das vielleicht nur die Ahnungslosigkeit eines Dummerchens war. Und schön war sie, sehr schön sogar, eine langbeinige Blondine mit wunderbar grünen Augen, aber das war ja das ewige Los der Junggesellinnen: schön zu sein, ohne irgendeinen Effekt. Schön gewesen zu sein umsonst.

Das eigentliche Problem war nicht sie, sondern der Ehemann. Wer konnte das sein? Geheimnis. Zum Heiraten braucht es zwei. Sie heiratete aus Liebe, wie sie sagte (oder wie die Nachrede es ihr in den Mund legte: alles um mehrere Ecken), nicht gezwungenermaßen ... Gut, das war gelogen, aber gut. Immerhin war es konsequent. Fragt sich nur, mit wem? Denn das Subjekt, der Verantwortliche, war verheiratet und hatte drei Töchter. An Hysterikerinnen, die ihre Heiratsphantasien für bare Münze nahmen, herrschte unter Pringles' Junggesellinnen kein Mangel. Sie gaben fast eine Zaubervorstellung. Und der Balero durfte man so etwas durchaus zutrauen, auch wenn es ihr im Vorfeld niemand zugetraut hätte. Das alles waren Vermutungen, Unterstellungen, Geschwätz, aber es empfahl sich, ihnen Gehör zu schenken, denn im Allgemeinen trafen sie zu wie die Faust aufs Auge.

Verrückt, wie sie war, machte Delia Siffoni das Verschwinden ihres einzigen Kindes verrückt. Sie verfiel in Raserei. Wunderbares Schauspiel, zeitloses Klischee, großes Kino: eine Verrückte verrückt werden sehen. Das ist, als würde man Gott sehen. Die Geschichte der vergangenen Jahrzehnte hat die Gelegenheit dazu immer seltener werden lassen. Obwohl ich Zeuge war, würde ich es nicht wagen, mich an einer Beschreibung zu versuchen. Ich schließe mich dem Urteil des Viertels an; das letzte Wort hatten dabei die Angehörigen des gleichen Geschlechts wie die fragliche Person.

Die Männer waren für die Männer zuständig, die Frauen für die Frauen. Wenn es um Kinder ging, war Mama eine leidenschaftliche Verfechterin der Verzweiflung. Ihr zufolge gab es nur eins: Heulen, Kopf verlieren, Szenen machen. Zum Glück musste sie nie welche machen; sie hatte deutsches Blut, war äußerst zurückhaltend und diskret, keine Ahnung, wie sie das hingekriegt hätte. Alles andere hieße so viel wie »ruhig« bleiben, was in ihrer so allusiven wie präzisen Sprache bedeutete, dass man seinen Nachwuchs nicht liebte. Über die Verzweiflung hinaus sah sie nichts. Später, als unser Glück zu Bruch ging, dann schon, vielleicht sogar zu viel; zu jener Zeit aber war sie da sehr strikt: Szene, Schreikulisse und sonst nichts. In Wirklichkeit kam weder sie noch eine ihrer Bekannten je in die Verlegenheit, vor Angst verrückt zu werden; das Leben damals war nicht sehr romanhaft ... Das Einzige, was eine Mutter um den Verstand bringen konnte, war, rein hypothetisch, irgendein grauenvoller Unfall, der den Kindern zustieß. Uns Jungen, die wir frei und wild waren, stieß alles Mögliche zu, aber nichts wirklich Grauenhaftes. Wir gingen nicht verloren, verschwanden nicht ... Wie sollte man in einem Städtchen verloren gehen, in dem sich alle kannten und fast alle irgendwie miteinander verwandt waren? Dass sich ein Kind verirrte, konnte nur in Labyrinthen geschehen, die es bei uns nicht gab. Aber auch so, auch wenn es bloß eine Angst war,

27

den Unfall gab es: eine unsichtbare Kraft zerrte ihn in die Wirklichkeit, hörte nicht auf, ihn dorthin zu zerren, wobei er ihm die kauzigsten Formen verlieh, seine Einzelheiten und Umstände ununterbrochen umsortierte, ihn erschaffend, ihn vernichtend, mit der unerhörten Machtfülle der Fiktion. Darin bestand, und besteht wohl noch immer, die Glückseligkeit von Pringles.

Es kann darum nicht verwundern, dass Delia sich in jenem kritischen Moment vor dem Abgrund, den magnetischen Feldern des Abgrunds, wähnte und kopfüber hineinstürzte. Was konnte sie anderes tun?

Der Abgrund, der sich vor Delia Siffoni auftat, hatte (und hat bis heute) einen Namen: Patagonien. Wenn ich den Franzosen sage, dass ich von dort komme (kaum gelogen), sperren sie den Mund auf und schauen mich bewundernd, fast ungläubig an. Viele Menschen auf der ganzen Welt träumen von einer Reise nach Patagonien, diesem Außenposten des Planeten, dieser wunderschönen, nicht vermittelbaren Einöde, in der sämtliche Abenteuer geschehen könnten. Kaum einer hofft, je so weit zu kommen, und darin muss ich ihnen Recht geben. Was sollten sie dort auch tun? Und außerdem, wie hinkommen? Sämtliche Meere und Städte liegen im Weg, sämtliche Zeit, sämtliche Abenteuer. Es stimmt, dass Reiseunternehmen das Reisen heute viel leichter machen, aber irgendwie denke ich immer noch, dass es nicht so einfach ist, nach Patagonien zu kommen. In meinen Augen unterscheidet sich diese Reise von jeder anderen. Mein Leben wurde im Nu, in einem Moment, an jenem Tag meiner Kindheit, nach Patagonien verweht, und dort blieb es. Ich glaube, Reisen lohnt nicht, wenn man sein Leben nicht mitnimmt. Das ist etwas, das sich mir während dieser melancholischen Tage in Paris hautnah bestätigt. Es klingt paradox, doch eine Reise erträgt man nur, wenn sie unbedeutend ist, wenn sie nicht zählt, wenn sie keine Spuren hinterlässt. Da macht einer eine Reise, bis ans andere Ende der Welt, lässt sein Leben aber zu Hause zurück, behütet und einsatzbereit, um es bei der Rückkehr gleich wieder weiterzuleben. Es sei denn, man fragt sich, wenn man weit weg ist, ob man sein Leben nicht zufällig doch mitgenommen und zu Hause ungewollt alle Zelte abgebrochen hat. Der Zweifel reicht aus, um schreckliche, unerträgliche Angst hervorzurufen, vor allem weil es eine Angst vor nichts ist, eine Melancholie.

Man findet immer einen Grund, um loszustürmen. Dafür sind Gründe schließlich da. Der, den Delia fand, war nicht nur in sich stimmig: er passte im Großen und Ganzen, mit Abstrichen im Detail, auch zu dem, was geschehen war. An jenem Mittag, just als wir auf der Straße spielten, war Chiquito mit seinem Lastwagen in Richtung Comodoro Rivadavia losgefahren, um wer weiß was zu transportieren, sicher Wolle. Meine Tante Alicia, in deren Haus er zur Pension wohnte, hatte ihn nach einem frühen, eigens für ihn vorbereiteten Mittagessen aufbrechen sehen. Tatsächlich war er in den schon abfahrbereiten, schon morgens vollgetankten Lastwagen gestiegen, hatte den Motor gestartet und war rasch losgefahren ... Was lag näher, als dass ein Junge, der gerade im leeren Laderaum spielte, der Abfahrt in die Falle ging, sich nicht bemerkbar machen konnte und ohne es zu wollen von seinem vollkommen unfreiwilligen Entführer wer weiß wohin mitgenommen wurde? Und wahrscheinlich würde der Lastwagenfahrer auch nicht eher Halt machen, als bis die Nacht hereinbrach, der Rio Negro hinter ihm lag und er sich schon mitten in Patagonien befand. Der Chiquito war ein enorm zäher Bursche, ein Stier, und in diesem Fall hatte er sogar irgendeine Bemerkung gemacht (wenn nicht er, dann konnte das auch Alicia erfunden haben), etwa dass dieser Transport mit Ungeduld erwartet wurde, dass es sinnvoll wäre, nach einem guten Mittagessen aufzubrechen, um in einem Zug eine möglichst lange Strecke zurückzulegen, etc.

Es waren bereits mehrere Stunden vergangen und das ganze Viertel saß wegen der Sache mit dem Jungen wie auf glühenden Kohlen. Mittlerweile hatte sich Señor Siffoni eingeschaltet, wenn auch nur, um die Hysterie seiner Frau zu beschwichtigen. Aber gerade als er fort war, erzwang die gar nicht so abwegige These einer unfreiwilligen Abreise im Laderaum des Lastwagens oder seines Anhängers die Entscheidung. Es schien fast zu offensichtlich. Die Nachbarinnen waren daran nicht ganz unschuldig, weil sie das Delia so vor Augen rückten. Dann taten sie etwas absolut Ungewöhnliches: Sie riefen ein Taxi, um keine Minute mehr zu verlieren und Jagd auf den Lastwagen zu machen. In Pringles gab es zwei Taxis, die nur für den Weg zur Bahnstation Roca benutzt wurden. Eines davon, das Taxi von Zaralegui, kam auf den Anruf hin vorbei. Er musste falsch verstanden haben, worum es ging, sonst wäre er sicher nicht gekommen. Das Ganze war absurd, weil sein alter Chrysler aus den dreißiger Jahren niemals die Reisegeschwindigkeit eines um ein viertel Jahrhundert jüngeren Lastwagens erreichen konnte. Dass der Verfolger langsamer war als der Verfolgte, kam ihnen nicht weiter komisch vor. Im Gegenteil, sie dachten, gemäß der Logik von »was lange währt ...« müsse er ihn irgendwann einholen, was sonst?

In der Eile des Aufbruchs schnappte sich Delia, die wie verrückt war, das Brautkleid, an dem sie gerade arbeitete, und ihr Nähköfferchen, weil ihr der Gedanke kam, sie könne während der Fahrt weiter daran arbeiten, wo der Auftrag so sehr drängte. Jetzt, wenn es stimmte, dass es ein Eilauftrag war, konnten sich die Nachbarinnen fragen, warum sie nicht arbeitete, anstatt den ganzen Tag auf der Straße herumzustehen und sich über alles, was geschah, auf dem Laufenden zu halten. Sie war in diesem kritischen Moment nicht ganz bei Trost; ein riesiges Brautkleid wie eine Schichttorte aus bauschiger Weiße und einem Umfang, der den der zierlichen Delia übertraf, war das Unpraktischste, was man nur mitnehmen konnte. (Ich möchte hier eine Idee anmerken, die später nützlich sein kann: Das einzige für ein Brautkleid angemessene Mannequin, das mir in den Sinn kommt, ist ein Schneemann.) Und überhaupt, auf dem Rücksitz eines Taxis, das über Schotterpisten Richtung Süden rumpelt, ein Brautkleid nähen ... Wo bliebe da ihre viel gerühmte Genauigkeit?

Und weg war sie, wie verrückt ... Die Nachbarinnen sahen sie aufbrechen und blieben, wo sie waren, kommentierten den Fall und warteten darauf, dass sie zurückkäme. Die Situation war so irrational, dass sie wirklich dachten, sie würde jeden Moment zurückkommen. Sie hatte ja nicht einmal die Tür hinter sich geschlossen, geschweige denn ihrem Mann Bescheid gesagt ... Für die Nachbarinnen war das Rechtfertigung genug, ihr Stehkonvent auf dem Gehweg bis zu Ramón Siffonis Rückkehr fortzusetzen, um ihm mitzuteilen, seine Frau sei losgefahren, verzweifelt, verrückt (wie eine gute Mutter), und noch nicht wieder zurück ...

All das mag sehr surreal erscheinen, aber dafür kann ich nichts. Mir wird klar, dass es aussieht wie eine Anhäufung ungereimter Elemente nach surrealistischer Manier, um so eine Szenerie zu erhalten, die alle Attribute der perfekten Erfindung besaß, ohne dass man eigens eine erfinden musste. Diese Elemente holten sich Breton und seine Freunde von überall her, von weit her, tatsächlich bevorzugten sie solche von so weit her wie möglich, damit die Überraschung größer wäre, die Wirkung wirkungsvoller. Es ist interessant zu beobachten, dass sie auf der Suche nach dem Weithergeholtesten, zum Beispiel bei den »köstlichen Leichen«, kaum bis zum Naheliegendsten gelangten: der Kollege, der Freund, die Ehefrau. Ich finde das Meinige weder nah noch fern, denn ich suche nichts. Es ist, als wäre alles schon geschehen. Es war wirklich geschehen; zugleich aber so, als wäre es nicht geschehen, als geschähe es in diesem Augenblick. Das heißt, als geschähe nichts.

Während der Fahrt im Taxi nähte Delia nicht einen Stich und sagte kein Wort. Sie saß stocksteif auf der Rückbank, den Blick starr auf die Straße gerichtet und hoffte wider alle Hoffnung auf das Auftauchen des Lastwagens. Die Schweigsamkeit von Zaralegui, der ebenfalls stumm blieb, besaß eine andere Dichte, denn es war der letzte Nachmittag seines

Lebens. Er hätte seine letzten Worte sagen können, aber er behielt sie für sich. Er war ganz aufs Fahren konzentriert, das einiges an Aufmerksamkeit erforderte, doch nicht weil zu viele Fahrzeuge unterwegs gewesen wären (gar keine), sondern wegen der vielen Schlaglöcher. Er war ein sehr versierter Fahrer. Was hier geschah, musste ihn bedenklich stimmen, ihn zumindest irritieren. Noch nie war er für eine so unbegreifliche Fahrt gerufen worden, und er musste sich fragen, bis wohin, bis wann. Sehr lange würde er sich das nicht mehr fragen, der Ärmste, denn schon bald sollte er tot sein.

Etliche Autostunden später nämlich stürzte ein riesiger Lastwagen auf sie zu, auf Zaralegui am Steuer, frontal. Frontal allerdings nicht für den Lastwagen, für ihn von hinten. Besser gesagt waren sie es, die auf den Lastwagen zustürzten, in voller Geschwindigkeit, jener Geschwindigkeit, die nur entsteht, wenn zwei sehr schnell fahrende Fahrzeuge zusammenstoßen. Weiß der Himmel, wie das angehen konnte, wo beide in die gleiche Richtung fuhren. Vielleicht hatte der Lastwagen die Geschwindigkeit ein wenig verringert, ganz wenig, was für das nachfolgende Fahrzeug schon eine sagenhafte Beschleunigung in Gegenrichtung bedeutete. (Um mir diese und viele andere Vorkommnisse zu erklären, gehe ich, Realismus hin oder her, von enormen Geschwindigkeiten aus). Fest steht, der Chrysler prallte auf rabiateste Weise in den rückwärtigen Teil des Anhängers und zerschellte, eine zusammengestauchte Nussschale aus verbeultem Blech. Und nicht nur das: er steckte darin wie ein Meteoriteneinschlag in einem Planeten. Und so verkeilt, setzte er die Reise fort. Der Fahrer des Lastwagens, dreißig Meter weiter vorn, bekam das nicht einmal mit. Diese Lastwagen waren wirklich wie Planeten. Der Mann am Steuer konnte nie wissen, was an seinen unfasslichen Rändern geschah. Vor allem wenn er einen Anhänger zog, der ein zweiter Planet und Trabant des ersten war.

Zaralegui war auf der Stelle tot, Zeit für einen letzten Gedanken gab es keine. Delia, die jetzt doch damit begonnen hatte, mit minuziösen Nadelstichen eine Valenciana anzunähen, passierte nichts. Aber der Aufprall, der Satz, das Andocken am Planeten, vor allem der Rückstoß des schon toten Zaralegui, der in ihren Armen landete, in Wogen von Tüll, wie ein Baby, versetzten ihr einen gewaltigen Schock. Sie verlor das Bewusstsein und setzte die Reise schlafend fort, von der Landschaft bekam sie nichts mit. Mehr als Schlaf war es ein hysterisches Koma, aus dem sie verändert hervorging, zum dritten Mal verrückt. Sie bekam es nicht einmal mit, der Fahrer aber parkte den Lastwagen am Straßenrand und schlief die ganze Nacht auf der Pritsche in dem kleinen Kabuff, das jene Lastwagen hinter der Fahrerkabine besaßen, setzte die Reise im Morgengrauen fort und hielt den ganzen folgenden Tag nicht an.

Als Delia erwachte, versank die Sonne über der Provinz Santa Cruz.

Patagonien ... Das Ende der Welt ... Gut, einverstanden; aber auch das Ende der Welt ist und bleibt die Welt. Der ganze Himmel rosa wie die Blüte einer Riesenblume, die Erde blau, eine unbewegliche Scheibe, durch nichts als den Horizont begrenzt ... Das war also die Welt. Das war alle Welt, der Ort, an den es Delia durch Unfall, durch die verrückte Macht der Ereignisse, verschlagen hatte und aus dem je wieder herauszukommen vollkommen undenkbar schien. Anfangs fühlte sie sich wie ein kleines Mädchen, das rittlings auf einem Käfer aus schwarzem Glas Karussell fuhr. Sogar die Musik glaubte sie zu hören, und sie hörte sie wirklich, nur dass es das Pfeifen des Windes war.

Dann wurde sie sich plötzlich der grauenvollen Umstände bewusst, deren Opfer und Protagonistin sie war. Sie schrie auf und wedelte entsetzt mit den Armen, wodurch Zaraleguis Leichnam seine Schoßposition einbüßte und davonflog. Ein Schlagloch mochte nachgeholfen haben, denn so kräftig war sie nicht.

Und zusätzlich zum Schlagloch ganz sicher das Wirbeln des Fahrtwinds. Bei Höchstgeschwindigkeit bewegte der Lastwagen eine Luftmasse vom Volumen und Gewicht eines

Berges. Die Berge, die es auf diesem unendlichen Tafelland nicht gab, erzeugte die Luft. Aber es gab auch Wind, und nicht zu knapp: Patagonien ist das Land des Windes. Tatsächlich waren es gleich mehrere, die sich um den Staub stritten, den der Lastwagen aufwirbelte, und erbittert mit seinem eigenen Wind kämpften, der Außenhülle seiner Geschwindigkeit. Dieses Paket entfalteten sie wohl tausendmal in der Sekunde, mit einem Geräusch wie flatterndes Papier, lösten die Knoten der Schwerkraft, zerrissen hastig wie Kinder, die den Anblick der neuen Spielzeuge nicht erwarten können, ihre zugleich kartonsteifen und fließenden Faltungen.

Zaralegui schlug zwei Purzelbäume in vier Meter Höhe; seine kaputte Wirbelsäule ermöglichte ihm Kapriolen, die kein Akrobat der Welt ihm hätte nachmachen können. Dann flog er zu einer Seite davon. Da seine Arme fuchtelten, von derselben Kraft bewegt, die ihn trug, schien er lebendig. Was für ein Schauspiel! Aber die Konjunktion von Schlagloch und wirbelndem Wind musste ein regelrechter Schleudermechanismus sein, denn Zaralegui war nicht der Einzige, der fortflog: Ihm folgten das Kleid, Delia und das Autowrack, in dieser Reihenfolge. Als das Kleid seinen riesigen weißen Flügel, die Schleppe, ausbreitete und sich in Überschallgeschwindigkeit zur Seite hin erhob, fühlte Delia sich wie entblößt. Es war ihre Arbeit, die dahinging, und sie war aus dem

Rennen, ohne Funktion. Sie dachte, sie würde es niemals wiederfinden. Als sie dann aber selbst diejenige war, die sich in die Luft erhob, gerieten alle ihre Empfindungen in den Sog des Entsetzens. Es war das erste Mal, dass sie flog.

Die Erde entfernte sich, der Lastwagen ebenso (das Letzte, was sie sah, war die Rückwand des Laderaums, von der sich die schwarze Knospe löste, die einmal der Chrysler gewesen war, um seinerseits loszufliegen), der Himmel kam schwindelerregend näher. Sie schloss die Augen und schlug sie einen Moment später wieder auf.

Die Sonne, die an der Oberfläche schon untergegangen war, erschien ihr dort erneut, im Hintergrund der Welt; es war das erste Mal, dass sie die Sonne nach dem Untergehen noch einmal sah. Sie war rot wie ein in leuchtendem Öl gewendeter roter Gummiball. Und sie stand an einer seltsamen Stelle: obwohl sichtbar, befand sie sich noch immer unterhalb des Horizonts, in einer Nische. Es war die Nachtsonne, die noch nie jemand gesehen hatte.

Nicht dass Delia sich damit aufgehalten hätte, sie zu betrachten. Man könnte nicht einmal behaupten, dass sie ihr besondere Aufmerksamkeit zuteilwerden ließ. Sie dachte überhaupt nicht, was der Aufmerksamkeit ja vorauszugehen pflegt. Fliegen war eine Beschäftigung, die sie ganz in Anspruch nahm. So sehr, so das ganze Leben beanspruchend, dass sich in ihr die Überzeugung bildete, sie würde nicht überleben. Wie sollte sie auch? Die widersprüchlichen Drehungen des Windes hatten sie mit einem doppelten Salto auf über hundert Meter Höhe katapultiert. Der Kreis des Horizonts änderte seine Position, als wäre der Kompass einem Verrückten in die Hände gefallen. Die Winde schienen einander in höchster Erregung und unter schaurigem Gelächter zuzurufen: Nimm du sie! Gib sie mir! Und Delia hüpfte hierhin und dorthin, vibrierend, pulsierend, wie ein Herz im Auf und Ab einer Liebe oder in der Leere.

»Das sind meine letzten Sekunden«, rief sie sich zu, ohne die Lippen zu bewegen. Die letzten Sekunden ihres Lebens, und danach gäbe es nur mehr die schwarze Nacht des Todes ... Ihre Angst war unbeschreiblich. Von Sekunden zu sprechen, war übliche Rhetorik, aber auch zutiefst wahr. Jene verrückten Winde schienen das Zeug zu haben, aus Sekunden Minuten und sogar Stunden zu machen, und selbst von Tagen zu reden, wenn ihnen danach war, wäre nicht abwegig. Aber selbst dann wären es Sekunden, denn die Angst verdichtet die Zeit, jeglichen Zeitraum, zu den Ausmaßen von Sekunden.

Zumindest sollte sie diese Erfahrung genießen, da ihr keine weitere folgen würde, hätte sie sich sagen können.

Aber das war in jeder Hinsicht unmöglich. Genießen ist unmöglich, wenn alles unmöglich ist; außerdem gab es keinerlei Hinsicht; die konnte es bei dem Schauspiel, das sie bot, ohne jemanden, der sie sah, nicht geben. Sie vollführte so viele Drehungen, mit einer Geschwindigkeit schneller als der Schall, dort, in den lichten Höhen der Dämmerung, dass sie keine relativen Positionen mehr einnahm. Sie war eine Collage, eine scherenschnittartige, von einem launischen Künstler bewegte Figur, mit Zeitrafferkamera vor dem rosafarbensten und flachsten Hintergrund der Welt oder des Himmels gefilmt, von einem roten Scheinwerfer beschienen. Die dem Tod unmittelbar vorausgehende Erfahrung lässt sich nicht genießen, niemals. Da nun der Tod das Unerwartete par excellence ist, lässt sich von keiner Erfahrung sagen, sie sei die letzte. Immer besteht die Möglichkeit, dass sie die vorletzte sei. Das war ein Irrtum von Delia (ihre letzten Sekunden!), der erste einer ungewöhnlichen Serie, die sie sehr weit tragen sollte.

Es gibt Dinge, die scheinen ewig und gehen doch vorbei. Das gilt selbst für den Tod. Delia hatte die Erde seit einer Weile aus den Augen verloren, wusste schon nicht mehr, ob sie aufrecht oder Kopf stand, ob sie stieg oder fiel, sich in der Vertikalen bewegte oder abgetrieben wurde ... Was hatte das in dieser Höhe noch für eine Bedeutung? Immer gab es einen neuen Wind, der sich ihrer annahm und mit ihr Jo-Jo spielte. Woher kamen sie, die Winde? Es schien, als gäbe es im Himmel ein Loch, aus dem sie strömten. Das Loch war unsichtbar.

Aber, wie gesagt, plötzlich war es vorbei. Delia fand sich auf der Erde wieder, gehend. Sie wusste eigentlich nicht, wie das möglich war. Sie ging auf ihren zwei Beinen, auf der flachen, kahlen Erde. Kein Baum, keine Anhöhe, nichts war zu sehen. Augenblicklich vergaß sie die Todesgefahr, in der sie eben noch geschwebt hatte.

Delia liebte es, bis zum Gehtnichtmehr die Rolle der Fatalistin zu spielen, die Dame des Todes, jeden Abend bereit, die Nacht bei einer Totenwache zu verbringen; ihre Konversation war gespickt mit Krebs, Blindheit, Lähmung, Koma, Infarkt, Witwen, Waisen. Sie hatte diese Figur mit solcher Begeisterung verkörpert, dass sie schon sie war, ihre Thematik, ihre Haltung. Es war eine bewusst gewählte Vorliebe, denn das sichere und behütete Leben, das sie führte, der Kokon der kleinstädtischen Mittelschicht, enthob sie jeder ernsthaften Prüfung, die ihr Leben hätte gefährden können. Ihr Überlebenswille war keiner Bewährungsprobe ausgesetzt. Auch das war Teil ihres speziellen Wesens. Während sie flog und nicht dazu kam, zu denken oder zu reagieren (was dasselbe ist), hatte sie sich an ihre persönliche Rhetorik geklammert. Jetzt, wo sie gesund und munter dahinschritt, öffnete sich die Zeit unter ihren Füßen; ihre Beine waren die Schere, die die durchsichtige Knospe der Zeit zuschnitt, sie öffnete und entfaltete. Womit sie sich vor die dringliche Notwendigkeit gestellt sah, gewissen Vorstellungen hinsichtlich der

Wirklichkeit Raum zu geben und vorübergehend auf jenes »was soll's, eigentlich bin ich schon tot« zu verzichten, das ihre Eleganz ausmachte.

Sie wusste weder, wo sie sich befand, noch, wohin sie ging. Nicht einmal, wie spät es war. Überhaupt: Wie konnte es sein, dass es noch immer Tag war. Es war Nacht, das spürten ihr Körper und ihr Verstand. Und dennoch war es Tag. In was für eine verrückte Astronomie war sie geraten?

»Das also ist Patagonien?«, dachte sie verdutzt. Wenn das Patagonien ist, wer bin dann ich?

Es war unterdessen fast Nacht geworden, als Ramón Siffoni in seinem Lasterchen wieder im Viertel eintraf. Ein Komitee der Beklommenheit erwartete ihn.

»Omar hat sich nicht verlaufen ...!«, begann er, unterbrach sich aber gleich, weil er merkte, dass er das zu niemandem sagte. Er war ein nervöser, übellauniger Mann, aufbrausend, fordernd und unzufrieden. Dann fragte er: »Wo ist meine Frau?«

Das war es, worauf seine Nachbarinnen gewartet hatten.

»Sie ist im Taxi nach Patagonien gefahren.«

Hätten sie ihm mit dem Bohrer ein Loch in den Nacken gedrillt, er wäre kaum stärker ins Wanken gekommen. Man erklärte ihm alles, aber wer weiß, ob etwas davon die harte

Schale seiner Wut passierte. Irgendetwas sicher, denn er stieg wieder in seine rote Rostlaube und fuhr mit aufheulendem Motor und einem Geräusch wie Blechbüchsengeklapper davon, auch er nach Süden, wohin an diesem Tag offenbar alle aufzubrechen gewillt waren.

Was er nicht sah: dass um die Ecke, wo es geparkt hatte, ein winziges, himmelblaues Auto, eines von denen, die der Fahrer zum Einsteigen nach oben aufklappen musste, seine Verfolgung aufnahm. Das war äußerst ungewöhnlich, vermutlich das erste und letzte Mal, dass in Pringles so etwas geschah.

Und doch blieb es unbemerkt. Die Nachbarinnen waren hin und weg von der brüsken, auf ihre Weise romantischen Geste des erbosten Ehemanns. Und Ramón Siffoni ... was hätte er in seinem Zustand merken sollen? Er raste, schoss drauflos, um zu verhindern, dass seine Frau den größten Fehler ihres Lebens beging. Und wenn sein altes, rotes Lastwägelchen nicht so schnell war, wie es hätte sein müssen, ihm war es egal, denn was er in diesem Moment wollte, war eine Interplanetarrakete. Er fuhr, wie jeder feststellen konnte, der eine Karte zur Hand nahm, in südwestlicher Richtung. Also in die zwei Richtungen, in die der Tag sich im argentinischen Sommer verlängerte. Und da er außer sich war, war er der Südwesten. Das funktionierte. Der Tag begann sich in die Länge zu ziehen wie eine Schlange, und das rote Lastwägelchen, das in der Ungeheuerlichkeit, in die es hineinzugleiten begann, endlich richtig klein wurde, war der hungrige, zischelnde Kopf der Schlange mit züngelnder Zunge: Die Zunge war die in zwei rechten Winkeln vorstehende Kurbel, die Ramón in der Eile abzuziehen vergessen hatte.

Aber er fuhr nicht allein. Ein oder zwei Kilometer hinter ihm, die staubige Kielspur des Lastwagens fest im Blick der Frau am Steuer, jagte ein himmelblaues Autochen, eines der kleinsten, die je gebaut wurden, und eines der leichtesten. Dass es leicht war wie ein müdes Gähnen, hatte nicht viel zu bedeuten, vielleicht gar nichts, gemessen an der Bedeutung, die das ihm innewohnende Geheimnis hatte. Darin war es alles. Das Autochen war das Geheimnis, und mehr als das: Es war das Geheimnis auf Rädern. Diese für die innerstädtische Mobilität, für kurze Distanzen gebauten Vehikel waren ein Spleen der fünfziger und sechziger Jahre und gerieten später in Vergessenheit. Wir nannten sie »Mäuse«. Sie boten Platz für eine einzige, nicht zu korpulente, klein zusammenfaltbare Person. Niemand wäre auf die Idee gekommen, in einem solchen Auto zu reisen. Und doch hatte sich dieses himmelblaue Exemplar der winzigsten Baureihe auf eine unabsehbar lange und gefährliche Verfolgung begeben, fast wie eine Nachbildung *en miniature* von etwas anderem, ein Spielzeug, das sich in die Erwachsenenwelt einmischt. Um es herum riss schon das riesige, menschenleere Patagonien sein Maul auf. Aber es ließ sich nicht einschüchtern. Es rückte vor, gab Gas, fast so, als wüsste es, wohin es fuhr, oder als führe es irgendwohin. Oder als führe es nicht nirgendwohin. Es war das Kompassnadel-Auto, die Sprudelwasserblase des Windes, der blaue Punkt des Himmels, das Geheimnis in all seinen Dimensionen. Ein Geheimnis nimmt keinen Raum ein, sagt der Volksmund. Einverstanden, aber es durchquert ihn.

Prima. Schon sind alle Protagonisten des Abenteuers auf der Bühne. Mal sehen, ob ich eine ordentliche Liste zustande bringe:

Chiquitos großer Lastwagen mit Anhänger, der Doppelplanet, an der Spitze des Zuges.

Das Wrack von Zaraleguis Chrysler, inzwischen eher so etwas wie eine lackschwarze chinesische Badewanne.

Zaraleguis Leichnam.

Delia Siffoni, verirrt unterwegs, immer der Nase nach.

Silvia Baleros Brautkleid, vom Winde verweht.

Ramón Siffoni in seinem kleinen roten Laster (einen Tag zurück).

Und am Schluss des Zuges das geheimnisvolle, himmelblaue kleine Auto.

Aber so einfach ist es natürlich nicht. Es werden schon noch andere Personen auftauchen ... Oder besser gesagt: Nicht andere Personen werden auftauchen (das sind alle), sondern die Enthüllungen werden sie zu anderen machen und Begegnungen Raum geben, die Delia Siffoni nie vermutet hätte, weder sie noch irgendeine der vielen Delia Siffonis dieser Welt, mit denen sie dort in Patagonien ein Bäumchen-wechsel-dich zu tanzen begann.

Es gibt Trunkenbolde, die irgendwann im Laufe ihrer Nachtwachen zu den wildesten Mischungen greifen: Sie trinken, was sie in die Finger kriegen, ein Glas Alkohol von jeder Sorte, wie es gerade kommt. Wir wissen, wie unklug eine solche Politik ist, aber sie lachen und machen fröhlich weiter; man muss ihnen eine erstaunliche physische Konstitution bescheinigen, eine übermenschliche Widerstandskraft, die sie möglicherweise schon mitbringen und durch diese Gewohnheit sicherlich weiter ausbauen, im Paradox der Selbstzerstörung, die ja übrigens nie unmittelbar erfolgt. Sie saufen querbeet und lassen Fünfe grade sein ... Kurz, alles trägt zu der einen Wirkung bei, die der Rausch ist, ihr persönlicher Rausch, ihr einzig- und alleiniger. Und das auch er einer ist, sagt sich der Trinker, ist es doch egal, wie viele Elemente dazu beitragen, ihn auf dieses erhabene Niveau von Einheit zu heben ...

Glücklicher Säufer! Wenn er das erreicht hat, hat er alles erreicht, muss sich um nichts mehr bekümmern, denn die Idee, auf die sich seine ganze Überlegung gründet, ist richtig, und mehr gibt es nicht zu sagen (auch wenn es der Gesundheit abträglich sein mag). Es ist richtig, dass er einer ist, und es ist richtig, dass es sich um einen Prozess des Vereinfachens handelt: Alles zielt auf eine Art glückliches Nichts, und nichts geht auf dem Weg verloren.

»Vereinfache, mein Sohn, vereinfache.« Aus irgendeinem Grund gelingt mir das nicht. Ich will, aber ich kann nicht. Es ist stärker als ich. Gerade so, als wäre ich abstinent.

Hier in Paris trinke ich übermäßig viel.

Da ich kein guter Trinker bin, ist die Wirkung unmittelbar und übertrieben. Wirkung pur, sonst nichts. Eine Wirkung, die bedeutet, betrunken herumzulaufen, an all diesen markanten Orten dämlich zu lächeln, Erfahrungen, Erinnerungen zu sammeln für eine Zeit, wo ich nichts anderes mehr habe, an das ich mich halten kann. Es ist ein Gemeinplatz, wenn man sagt, eine Großstadt biete eine kontinuierliche Folge verschiedener Eindrücke, alle in einem Magma von wechselnder Intensität. Das stimmt. Aber sollte das nicht auch für andere stimmen, nicht nur für einen selbst? Von den Caféterrassen aus, wo ich schreibe, betrachte ich die Passanten, und ausnahmslos alle wirken kompakt, in sich verschlossen, und lassen keinen Zweifel daran, dass die Wirkung der Stadt nicht auf sie abgefärbt hat.

Aber was verlange ich denn? Ich weiß es nicht. Menschen, von ihren eigenen Visionen demontiert, wie die Frauen bei Picasso, quallige Lahmärsche, tausendarmige Devas, Loch-Menschen, Flüssigmenschen?

Was ich, nach einem Zwiegespräch, wie man es mit sich selbst führt, vielleicht zu sehen hoffe, sind Leute, die wie ich kein Leben haben. Damit bin ich zum Scheitern verurteilt. Eigenartig, aber alle haben Leben, sogar die Touristen, die meiner Theorie zufolge keines haben dürften. Niemand lässt es irgendwo zurück, alle Leben scheinen portabel zu sein. Sie sind es auf natürliche Weise, wie etwas, das sich von selbst versteht. Ein Leben haben heißt (wenn man praktisch denkt und die Finger von der Metaphysik lässt), dass man Geschäfte, Angelegenheiten, Interessen verfolgt. Wie sollte einer sich davon freimachen können? Prima. Und wie habe ich es damals gemacht?

Keine Ahnung.

Ich habe mich allen Schönheiten, allen Gefahren ausgesetzt. Und weder hat sich die Addition addiert noch die Subtraktion subtrahiert noch die Multiplikation multipliziert oder die Division dividiert.

Denken wir uns einen Mann, der aufgrund einer geistigen Störung (das nehme ich an, weil ich es gestern gesehen habe) ohne die Begleitung oder den Anstoß einer sehr sonoren Musik, die aus vollem Hals selbst zu erzeugen er sich genötigt sieht, nicht gehen, nicht vorankommen, sich nicht einmal bewegen kann. Ein für seinen Nächsten unbequemer Zeitgenosse, vielleicht auch gar nicht so sehr, zumindest nicht für die, die ihn nicht ständig sehen, die mit gutem Grund denken könnten, der arme Kerl mache das nicht aus Spaß. Eigenartig, aber ich möchte wetten, dass jene, die ihn jeden Tag ertragen müssen, durchaus Recht hätten, wenn sie dächten, er mache das aus Spaß, und bestimmt denken sie das auch. Schließlich könnte er ja die Unbeweglichkeit wählen und den Mund halten.

Er bewegt sich nicht in der Stille, sondern im Gesang. Es ist fast wie Oper: der Gesang wird Geste, wird Schicksal, wird (inkohärente, verrückte) Begründung, und auch die Leute um ihn herum werden Schicksal und Fatalität. Er schreitet zeichenbeladen voran, schiebt den Karren seines Rhythmus, den in Wirklichkeit nur er selbst wahrnimmt. Er bricht sich Bahn, indem er sein Leben mit der dämlichen Tollpatschigkeit dessen bahnt, der wie ein Tobsüchtiger die Verpackung eines Geschenks zerfetzt. Nur dass er das Geschenk nicht findet und immer weiter bahnt, zerfetzt und singt. Das perpetuierte Melodram. Das ist, was sich seine Nächsten fragen

49

können: Warum lässt er nicht locker? Tatsächlich werden sie sich fragen, was zuerst da war: die Bewegung oder der Gesang. Singt er, um zu gehen, oder geht er, um zu singen? Nun, es gibt keine Antwort, so wie es für das Geheimnis der Oper keine gibt. Weil es kein Vorher und Nachher, keine Aufeinanderfolge gibt, sondern eine Art sukzessive Gleichzeitigkeit.

Dieser befremdlichen Logik gehorchend lief Delia Siffoni an jenem verhängnisvollen Abend durch Patagonien. Aber sie tat es nicht unbewusst wie der Verrückte. Die Ärmste war in die Falle eines Melodrams getappt, in dem sie nur eine Person von vielen war. Ausgerechnet sie, die immer von Pech und Unglück sprach. Ihre fatalistischen Palinodien hätten ihr nicht mehr geholfen, denn die Fatalität hing nicht von ihr ab. Sie befand sich in einer Kombinatorik, war aber allein. Es gab keine dritte Person. Es gab keine Erzählung.

»Wie konnte mir das passieren?«, dachte sie. »Wie konnte ich bloß in dieser Einöde landen, ohne es zu merken?« Womit sie sagen wollte: »Warum musste mir das passieren, ausgerechnet mir und nicht einer anderen?« Sie gehörte zu einer gewöhnlichen Sorte Mensch; ohne je im Detail darüber nachzudenken, hatte sie sich immer für eine Frau wie jede andere gehalten, der eigentlich nichts passieren sollte, was nicht auch allen anderen passierte. Es ist, als würden solche Sachen einer anderen passieren, einer absolut anderen, anders gesagt, als würden sie niemandem passieren.

Und trotzdem ... Ihr reichlich überhitztes Gehirn ließ in diesem Moment unversehens sämtliche Ausnahmen Revue passieren. Sie kannte so viele Frauen, denen beklagenswerte Schicksale widerfahren waren, manche so grauenvoll, dass sie fast unglaublich schienen. So viele Frauen, die hätten sagen können »warum ich?« ... ohne dass die Frage eine Antwort fand. So viele, dass es plötzlich alle zu sein schienen. In diesem Sinne gehörte sie, der nie etwas geschah, zu einer kleinen Minorität von Musterfrauen, so minoritär, dass es fast eine Einpersonenminorität war. Die unfassbaren Frauen, die die Freiheit besaßen, alles zu erzählen, sich sämtlicher Schicksale anzunehmen. Und wenn sie die Ausnahme war, die einzige, wenn die Welt sich in dieser Richtung drehte, dann war es nur logisch, dass ihr Außergewöhnliches und Einzigartiges widerfuhr. Gerade ihr. Vielleicht kam es ihr so vor, als seien es viele, weil das ihre Passion war, die saftigen Kommentare, die sie einen nach dem anderen bis auf den letzten Tropfen auskostete. Sie war die große Untätige, die Klatsch-und-Tratschfrau. Zum Beispiel erinnerte sie sich jetzt, wer weiß warum, mit übertriebener, fast mikroskopischer Deutlichkeit an den Fall einer jungen Frau, die in letzter Zeit zu ihren Lieblingsthemen gehört hatte, bis sie durch die brandheiße Balero-Affäre abgelöst wurde: Das Mädchen hieß Cati Prieto, war seit ein paar Jahren verheiratet und Mutter eines Babys; der Mann hatte sie mit der – man wusste es nicht – berechtigten oder unberechtigten Ausrede einer Arbeit in Suárez de facto verlassen, kam nur sonntagmorgens und ging abends wieder, blieb nicht einmal über Nacht. In Suárez hatte er eine andere, das lag auf der Hand. Und wenn er da war, der Mistkerl, fast ohne die Anwesenheit seines Sohnes zu bemerken, verbrachte sie die gemeinsamen Stunden damit, ihm die Fortschritte des Kleinen vor Augen zu führen, das Lächeln, das Händchen, das Gebrabbel, schau, hast du gesehen, hast du gehört … und er rauchte die ganze Zeit, hinter seiner eisigen Miene, seiner Gleichgültigkeit. Und sie ließ nicht locker, das arme Würmchen … Papa, Pa … pa … Für die Klatschkolumnistinnen wie Delia war es relativ einfach, denn alles lief auf ein »nichts Genaues weiß man nicht« hinaus, so wie wenn man sagt, »jede Familie ist eine Welt für sich«, und niemand kann ja behaupten, eine ganze Welt zu kennen. Aber vielleicht … Das fiel Delia angesichts ihrer kristallklaren Vision gerade ein … vielleicht wusste auch die junge Tragödin nichts. Wusste auch nicht, das vorweg, ob ihr Mann sie nun verlassen hatte, ob es Dummheit war, wenn sie die Hoffnung nicht aufgab, und ob er in Suárez eine andere hatte etc. Vielleicht wusste sie nichts, vielleicht konnte sie nichts wissen; sie war die, die von allen am wenigsten wusste, oder, wie es so schön heißt, »die Letzte, die davon erfuhr«, und darin bestand der Irrtum der Klatschkolumnistinnen: zu glauben, sie operierten über einem Meer der Unwissenheit, das eine Fata Morgana war,

52

bis ihre Flügel zerbrachen und sie sich in wirklichen, stürmischen, salzigen Gewässern planschend wiederfanden. Vermaledeites Wasser von der Sorte, das den Durst nicht stillt.

Vermaledeites Patagonien, teuflische Schönheit. In dem Maß, wie die Zeit verging, nahmen Beklemmung und Bestürzung bei ihr zu. Wie jede Hausfrau, damals und zu allen Zeiten, hing Delia einem geregelten Tagesablauf an, als dessen Herrin sie sich wähnte, wo sie seine Sklavin war. Und hier schien es einen solchen Tagesablauf erst gar nicht zu geben. Der Tag setzte sich fort. Das machte ihr tatsächlich etwas Angst. Seltsame atmosphärische Phänomene schienen sich abzuspielen: Am Horizont war ein Wolkenvorhang aufgezogen, und hoch oben am Himmel fanden chaotische Bewegungen statt ... Derweil herrschte am Erdboden eine erstaunliche Ruhe. Das war schon befremdlich, bedrohlich. Zusammen mit dem anhaltenden Licht jagte es der Gestrandeten Schauer über den Rücken. Sie konnte nicht glauben, dass ihr das geschah. Sie konnte es nicht und versuchte es schon fast nicht mehr; auf alle Fälle aber spürte sie, dass sie ins Fach des Glaubens gewechselt war oder zu wechseln im Begriff stand und eben die schlichte und schlanke Realität, ihr geregeltes Leben, hinter sich ließ.

»Wo bin ich bloß?«, fragte sie sich.

Der Glaube hatte einen Namen: Patagonien.

Die Umstände machten Delia praktisch. Lebt wohl, funerale Philosophien und trauerumflorte Hausfrauenphantasien.

Auf einmal gab es dringendere Dinge zu klären. Die simple Tatsache, dass sie lebte und nicht tot war, hatte unverhoffte Konsequenzen. Wie simpel sind die Ursachen, wie kompliziert die Wirkungen.

Sie musste eine Unterkunft finden. Einen Platz für die Nacht. Denn die Nacht, die nicht kam, würde schon bald kommen. Und dann könnte es lustig werden. Viel lustiger, als sie, obwohl sie genau das gerade ahnte: eine mondlose, lichtlose Nacht, in der sich alles in Schrecken verwandelte ... Was jenseits der Vorstellungskraft lag, war: das Material für die Verwandlungen. Denn um sich herum sah sie nichts, dem zuzutrauen wäre, sich in etwas anderes zu verwandeln, nicht ein Baum, nicht ein Fels. Die Wolken? Unvorstellbar, dass eine Wolke ihr Angst machen sollte. Was die Luft anging, der war nicht zuzutrauen, Gestalt anzunehmen.

Aber es gab doch immerhin Dinge. Sie waren nicht im Äther. Das fahle Licht der in den letzten Zügen liegenden Dämmerung machte sich anheischig, ihr Millionen Gegenstände zu zeigen, Gräser, Disteln, Kiesel, Erdklumpen, Ameisenhügel, Knochen, Gürteltierpanzer, tote Vögel, lose Federn, Ameisen, Käfer ...

Und das große graue Tafelland.

Was Delia in jener fortwährenden Dämmerung nicht wusste: dass es in ihrer Geschichte durchaus eine Nacht gegeben hatte. Sie wusste es nicht, weil sie sie bewusstlos im Innern des am Lastwagen-Planeten zerschellten Chryslers verbracht hatte.

Ramón Siffoni, ihr Mann, war in seinem roten Lasterchen die ganze Nacht hindurch gefahren, ohne sich eine Minute Ruhe zu gönnen. Er dachte nicht im Traum daran, anzuhalten und eine Weile zu schlafen, im Gegenteil. Er sah den Mond als eine oranges Licht verströmende Scheibe vor sich aufgehen und fühlte sich als Herr über Stunden und Nächte, über alle, ausnahms- und lückenlos, in einem vollkommenen Kontinuum. Vollkommen auch seine Konzentration am Steuer. In dieser Konzentration war die Nacht gekommen, während das Lasterchen wie ein Spielzeug einschlafende Dörfer passierte. Plötzlich war da die Einöde, plötzlich war es Nacht. Die Dörfer wurden zu undeutlichen, Dunkelheit ausstrahlenden Gesteinsformationen. Die Städte wuchsen aus dem Boden. Es waren keine Städte: niemand lebte darin. Aber sie glichen Städten wie ein Ei dem anderen. Dass dort niemand war, bedeutete nur, dass sich niemand in ihrem Straßengewirr zurechtfinden musste. Ihre Straßen boten eine abstrakte allgemeine Orientierung wie die Karte des Mondes. In dem Moment, als er den Río Colorado überquerte, kam der Mond hervor, und Ramón gingen die Augen über, Augen wie zwei

Sterne. Ein großes Tafelland, das er nicht kannte, hatte sich zwischen ihn und den Horizont geschoben und nahm den Platz seiner Konzentration ein. Hier gab es nichts.

Ohne dass er davon wusste, ereignete sich daraufhin ein unbemerktes, in Patagonien aber alltägliches Phänomen: die atmosphärischen Gezeiten. Unter Einsatz seiner geballten Massenanziehungskraft auf die Landschaft ließ der Mond die in der Erde schlummernden Atome aufsteigen und durch die Luft wirbeln. Nicht nur Atome, das wäre halb so wild, sondern auch seine Partikel, darunter die des Lichts und die äußerst verworrenen der Gemütsverfassung.

Vielleicht wirkten sich die Gezeiten dieser Nacht irgendwie auf Siffonis Gehirn aus, vielleicht auch nicht, man wird es nie erfahren. Für den Lastwagen hatten sie interessanterweise zur Folge, dass er seine Farbe verlor, das mittlerweile halb verblichene Rot, mit dem er vor vierzig Jahren die Fabrik verlassen hatte und das im sommerlichen Morgengrauen, wenn die Vögel sangen, so leuchtete. Es wurde durchsichtig, obwohl niemand da war, der es hätte sehen können.

Als Ramón Siffoni Stunden später in den Rückspiegel schaute, sah er einen Kilometer hinter sich ein himmelblaues kleines Auto. Auch der Staub war durchsichtig geworden. Die Anwesenheit des winzigen Vehikels dort befremdete ihn zutiefst. Über den Faden des Befremdens verbunden, fühlte er sich verfolgt. Momentan blieb die

Entfernung zwischen ihnen konstant. Es sollte nicht schwer sein, es abzuschütteln; ein so winziges Auto hatte er noch nie gesehen, glaubte aber, dass es keinen starken Motor hatte. Er gab Gas. Eigentlich hätte er das für unmöglich gehalten, weil er das Pedal schon voll durchtrat, dennoch erhöhte der Lastwagen die Geschwindigkeit, und zwar deutlich. Es schoss voran, das gläserne Lasterchen, wie ein von der Sehne geschnellter Pfeil.

Hier mache ich eine Klammer. Denn genau betrachtet hatte der Mond durchaus eine Wirkung auf Ramón. Dass er sich nämlich als Ehemann sah. Er war einer wie viele andere, mittelmäßig gut, mehr oder weniger normal. Er sah aber auch, dass diese Eigenschaft, in der er sich so behaglich eingerichtet hatte, zur Gänze auf einem Argument beruhte, das da lautete: »er könnte schlimmer sein«. Es gibt ja Männer, die ihre Frauen schlagen oder sich auf die eine oder andere Art entehren, indem sie sie demütigen oder ihnen alle erdenklichen, in der Regel klar erkennbaren Gemeinheiten antun (nichts ist klarer erkennbar für den, der ein Ehepaar betrachtet), und der Gipfel von allem ist das Verlassen: es gibt Ehemänner, die davonlaufen, verschwinden, unzählige. Weshalb der Mann, auch wenn er dableibt und seinen Niederträchtigkeiten weiter freien Lauf lässt, »schlimmer sein könnte«. Er könnte sie ja verlassen. Aber die Frauen sind nicht so blöd, sich damit abzufinden; wie heißt es so schön: »besser ganz allein als schlecht zu zwein«, weil es Grenzsituationen gibt, in denen es erstrebenswerter ist, sich von einem Ungeheuer von Ehemann zu befreien, als ihn zu bewahren. Eigentlich ist das »er könnte schlimmer sein« sehr dehnbar, sogar sehr anspruchsvoll; der geringste Fehler diskreditiert einen Mann in den Augen seiner Frau. »Er könnte schlimmer sein …« gilt nur, wenn einer fast perfekt ist, wenn seine Sünden lässlich sind, von der humoristischen Sorte (wenn er zum Beispiel seine Hose beim Hinsetzen nicht etwas hochzieht, um zu vermeiden, dass der Stoff auf die Dauer an den Knien durchscheuert). Prima, so bildet sich eine Hierarchie: Es gibt Typen, die Ungeheuer sind und ihren Frauen das Leben zur Hölle machen, zum Beispiel wenn sie trinken; andere sind es nicht, und wenn einer zur letzteren Kategorie zählt, kann er sich den Luxus leisten, im Sessel seines Wohnzimmers Zeitung lesend auf seine kleinen (und großen) Mängel herabzublicken, während die Gattin das Abendessen bereitet, und sich seiner selbst sehr sicher fühlen. So sicher, dass sich plötzlich, wie eine wunderbare Blume, die Welt der Laster vor ihm auftut, die er dank seiner Eigenschaft als guter Ehemann, guter Familienvater, ungestraft begehen könnte, begehen kann. Das Leben erlaubt es ihm, ihm mehr als jedem anderen. Wäre es nicht schade, geradezu ein Verbrechen, eine solche Gelegenheit verstreichen zu lassen? Die Bandbreite an Niederträchtigkeiten ist seine Jakobsleiter; jede Stufe besitzt ihre eigene subtile Dialektik von »er könnte schlimmer sein«, und ein Leben reicht nicht hin, die letzte zu erklimmen, die des Ungeheuers.

Nun, Ramón Siffoni hatte ein Laster. Er war ein Spieler. Die Ehe hatte ihn zum Spieler werden lassen, aber umgekehrt hatte ihn auch das Spiel zu einem verheirateten Mann gemacht. Er spielte lange bevor er heiratete, seit frühester Jugend, aber wie bei allen Lastern ging es auch beim Spiel weniger ums Angefangenhaben als ums Weitermachen. Er war unverbesserlich. Sein Fall unabänderlich. Es war das Gerüst seines Lebens, sein Stigma. Er verspielte alles, das Geld, das er verdiente, und das seiner Frau, in Form von Schulden, die sofort fällig wurden, von Hab und Gut, von Haus (zum Glück nur gemietet) und Lastwagen. Er war immer auf null, immer abgebrannt, und von dort stürzte er ab, in schwindelerregende Tiefen. Wie alle wahren Spieler verlor er grundsätzlich. Ein Wunder, dass sie überlebten, Essen und Kleidung hatten, für ihre Rechnungen und die Erziehung ihres Sohnes aufkommen konnten. Das Geheimnis bestand wohl darin, dass er manchmal zufällig doch gewann und mit der wunderbaren Unvernunft aller Spieler, die nie an morgen denken, seinen Gewinn bis auf den letzten Cent darauf verwendete, die Null wiederherzustellen und weiterzumachen; derselbe Gestus von Unbedachtheit, der sich nachts gegen die Familie richtete, schlug tagsüber zu ihren Gunsten aus. Ein noch größeres, viel größeres Wunder war aber, dass man im Viertel, im Ort (ganz Pringles war ein Viertel, und Neuigkeiten machten so schnell die Runde, wie ein Körper sich im freien Fall bewegt) nichts wusste. Natürlich wurden solche Aktivitäten mit einer gewissen Diskretion betrieben; trotzdem unbegreiflich, dass man nichts davon gewusst hat, dass Mama, mit Delia eng vertraut, es nicht gewusst hat. Denn dieser Zeitvertreib, so diskret und nächtlich er ablief, war eine Zielscheibe für Indiskretionen. Auch zog sich das schon Jahre hin und ging noch Jahrzehnte so weiter, davor und danach (vor und nach was?). Und vor allem hätte es nur einer Kleinigkeit bedurft, irgendeines Anzeichens, eines winzigen Hinweises, damit Schlüsse gezogen worden und alle diese Dinge ans Licht gekommen wären ... Und tatsächlich hat man es erfahren, aber erst viele Jahre später (natürlich erfuhr man es, sonst würde ich das hier nicht schreiben), als ich schon nicht mehr in Pringles lebte, eines Tages, ich weiß nicht mehr wann, auf einer meiner Reisen, erfuhr Mama davon, wusste es genau, konnte es schon nicht mehr hören, wie ließen sich die Wechselfälle im Leben der Siffonis, ihr Status quo ohne diesen Umstand auch erklären? Wie wären sie von Anfang an zu erklären gewesen, seit unserer grauen Vorzeit im Viertel? Das ist es, was ich mich frage: Wie? Wenn niemand davon wusste!

Die Einsätze steigen immerzu. Der Mond stieg ... Dabei stieg er gar nicht, genauso wenig wie die Sonne; dieses Steigen ist eine von der Drehung der Erde bewirkte Illusion. Auf dem Zenit der Einsätze würde Ramón Siffoni, der Mondmann, der durch seine schiere Massenanziehungskraft die pekuniären Fluten steigen ließ, den höchsten Einsatz auf den Tisch legen, wenn er es nicht schon getan hatte: seine Ehe.

Als er wieder in den Rückspiegel sah, war das kleine himmelblaue Auto noch immer hinter ihm, noch immer in einem Kilometer Entfernung. Ramóns Verdacht, dass man ihm folgte, verstärkte sich. Was tun? Noch mehr beschleunigen war nutzlos und konnte das Gegenteil bewirken. Er nahm den Fuß vom Gas, so dass sich die Geschwindigkeit von allein verringern konnte: So machte er es immer, das ging automatisch. Von hundert fiel sie auf neunzig, achtzig, siebzig ... sechzig ... fünfzig, vierzig, dreißig ... Mein Gott! Das war schlimmer als eine Vollbremsung. Die Mondlandschaft des Tafellands war eben noch nach hinten davongeflohen, jetzt floh sie nach vorn, der durchsichtige Staub, der von der Pistenstraße aufstieg, hüllte ihn ein wie flüssiges Silber ... Es war, als würde man sich in den Dimensionen vor- und zurückbewegen, nicht auf einem Tafelland. Aber als er wieder einen Blick in den Rückspiegel warf, waren da der Kilometer, die himmelblaue Maus.

Erneut trat er wie verrückt aufs Gas: dreißig, vierzig, fünfzig, sechzig, siebzig … achtzig … neunzig, hundert, hundertzehn, hundertzwanzig … Die Durchsichtigkeit hatte Mühe, mit ihm Schritt zu halten, der Mond hüpfte … Der Lastwagen durchquerte seine eigene Kielspur, seine eigene Fahrtrichtung …

Als er wieder ins Spiegelchen sah … Er wollte es nicht glauben. Aber er musste sich der Evidenz beugen. Das Auto war noch dort, die Entfernung immer die gleiche, immer der gleiche Kilometer, der außerdem nicht nur irgendein gleicher, sondern stets derselbe war. Er beschloss, erneut vom Gas zu gehen, diesmal aber so abrupt, dass ihn sein Verfolger unweigerlich überholen musste. Hundert, neunzig, achtzig, siebzig, sechzig, fünfzig, vierzig … dreißig … zwanzig, zehn, null, minus zehn, minus zwanzig, minus dreißig … Das hatte er noch nie gemacht. Die Wirbel des Mondes hüllten ihn ein.

Und dennoch, als er in den Rückspiegel schaute, waren da zu seinem größten Erstaunen das himmelblaue kleine Auto und der Kilometer, der sie trennte. Er beschleunigte. Er verlangsamte. Etc. Wollte er anfangs seinen Augen nicht trauen, konnte er es jetzt, nach mehrstündiger Raserei in beiden Richtungen, erst recht nicht. Noch mehr irritierte ihn, wenn er in regelmäßigen Abständen den Rückspiegel konsultierte (einen von denen, die, außen an einem Metallärmchen angebracht, von der Fahrerkabine seitlich abstehen), dass das himmelblaue kleine Auto so glänzte und in Position blieb, als würde es über der Fahrbahn schweben, über die Schlaglöcher hinweggleiten, während er nach Kräften durchgeschüttelt wurde, und dass vor allem die Entfernung identisch blieb ... allzu identisch ... Ohne die Geschwindigkeit zu erhöhen oder zu verringern, von der er beim ständigen Wechsel schon nicht mehr wusste, auf welcher Seite im Beschleunigungsexzess sie lag, kurbelte er mit der linken Hand am Fensterheber. Als die Scheibe unten war, streckte er, des Fahrtwindes wegen mit zusammengekniffenen Augen, die Hand nach draußen, näherte Daumen- und Zeigefingerspitze so behutsam, wie die Hüpfer des Lastwagens es zuließen, der ovalen Oberfläche des Spiegelchens und pflückte ... pflückte das himmelblaue kleine Auto herunter! Als wäre es ein Abziehbildchen, das dort klebte ... Er hielt es vor die Augen und legte den Kopf schief, um es im Mondlicht besser zu erkennen ... Es war ein metallisch kobaltblauer Schmetterlingsflügel, dem der Mond jenen Glanz nahm, der ihm so ins Auge gesprungen war ... Er wunderte sich, Opfer einer so barocken Sinnestäuschung geworden zu sein, das konnte nur ihm passieren ... Denn ein Schmetterlingsflügel mochte zwar an dem einen oder anderen Teil eines fahrenden Wagens kleben bleiben, und tatsächlich passiert das auf einer Fahrt ständig, aber Schmetterlinge zerschellen an den Fahrzeugteilen, die den

Fahrtwind brechen, zum Beispiel an Windschutzscheibe oder Kühler! Und der Spiegel zeigt nach hinten! Er konnte es sich nur so erklären, dass der Schmetterling bei einer der kürzlich erfolgten Entschleunigungen von der Geschwindigkeitsumkehr erwischt und von hinten kommend zerschmettert worden war. Er öffnete die Finger, überließ den fingernagelgroßen, himmelblauen Flügel dem Wind, kurbelte die Scheibe hoch und sah nicht noch einmal in den Rückspiegel.

Hätte er es getan, würde er erstaunt festgestellt haben, dass das kleine Auto noch da war, wo sich bis eben seine vom Schmetterlingsflügel umrissene Silhouette befand. Im Auto saß Silvia Balero, die Zeichenlehrerin, verrückt vor Angst und kurz vorm Einschlafen. Sie hatte gesehen, wie vor ihren Augen Siffonis roter Laster verschwand, in dem sie den letzten Faden verfolgte, der sie mit ihrem Brautkleid und mit ihrer Schneiderin verband. Der Moment, als die atmosphärischen Gezeiten den Laster ihren Blicken entzogen, überraschte sie in schlechter Verfassung. Denn wie alle angehenden alten Jungfern war sie sehr abhängig von ihrem Biorhythmus, und nach Mitternacht schlief sie grundsätzlich schon. Ihr ganzes Leben lang war sie davon nicht abgewichen. Die Nacht war für dieses tagaktive, impressionistische Geschöpf eine Unbekannte. Um Mitternacht, die sich in seltsamer Zufälligkeit mit dem Moment deckte, in dem der Mond auf den Laster einwirkte, stellte sie deshalb wie eine Schlafwandlerin auf Autopilot um. Wie in einem Alptraum bemächtigte sich ihrer die Verzweiflung, dass die Beute ihren Blicken entschwand. In ihrem Zustand stand diese Taschenspielerei für die der Wirklichkeit insgesamt.

»Ich habe Hunger«, dachte Ramón Siffoni, der nicht zu Abend gegessen hatte. Ein Stück voraus sah er unter dem Mond etwas wie einen Berg und auf seinem Gipfel ein Hotel. Trotz der Uhrzeit brannte Licht in den Fenstern des Erdgeschosses, und er hielt es nicht für ausgeschlossen, dort einen Speisesaal zu finden. Die Annahme gewann erheblich an Wahrscheinlichkeit, als er, bereits im Anstieg, mehrere Lastwagen vor dem Hotel stehen sah. Jeder Reisende in Argentinien weiß, dass, wo Fernfahrer Halt machen, gut gegessen wird: erst recht also, dass gegessen wird.

Er hatte kaum den Fuß auf die Erde gesetzt, als eine Frau auf ihn zukam, obwohl sie gleichzeitig vor ihm zu fliehen schien. Er schaute nicht genau hin, da seine Aufmerksamkeit dem himmelblauen Autochen galt, aus dem sie geklettert war.

Silvia Balero merkte, dass er sie nicht erkannte, obwohl er derjenige war, der ihr bei ihren täglichen Besuchen bei der Schneiderin die Tür öffnete. Alle Frauen mussten für ihn gleich aussehen. Die Sorte Mann war er.

»Entschuldigen Sie, wenn ich störe, ich weiß nicht, was Sie von mir denken werden, aber ich möchte Sie um einen Gefallen bitten.«

Siffoni sah sie auf eine Weise an, die unflätig wirkte, in Wirklichkeit aber nur seine Verwirrung ausdrückte, denn sie kam ihm bekannt vor, und er wusste nicht woher.

»Würden Sie mich hineinbegleiten? Ich meine, damit es aussieht, als seien wir Kollegen, Reisende. Sie werden ja hier übernachten ... Ich würde ungern allein reingehen.«

Endlich reagierte er und ging auf die Tür zu.

»Nein. Ich will was essen, sonst nichts.«

»Ich auch! Danach fahre ich weiter!«

Sie fragte sich: Wo hat er bloß den Lastwagen gelassen? Man könnte meinen, er sei der leeren Luft entstiegen.

Der Eingang war jedoch verschlossen; durch einen Spalt in den Vorhängen sah man die dunkle, menschenleere Lobby. Ramón, die Frau im Gefolge, ging ein paar Schritte an der Fassade entlang. Die Fenster eines Salons, der durchaus der Speisesaal sein konnte, zeigten jenseits ebenfalls einen schwarzen Raum, aber von irgendwoher drangen ein paar Strahlen rauchigen Lichts dorthin. Ramón Siffoni trat ein paar Schritte zurück. Vom Weg aus hatte er Lichter brennen sehen, aber jetzt wusste er nicht auf welcher Seite. Er versuchte, sich über die Struktur des Gebäudes Klarheit zu verschaffen. Aber so perplex machte ihn seine Begleitung, dass er sich nicht konzentrieren konnte: Im Mondlicht wirkte die Frau nicht sehr helle. Ob sie betrunken war oder eine Verrückte? Männer wie er denken von

Frauen immer das Schlimmste, eben weil für sie alle gleich aussehen.

Die Schwierigkeiten, auf die er traf, hingen damit zusammen, dass der Bauplan des Hotels völlig undurchschaubar war, da es sich um ein Thermalhotel handelte, dessen Anlage man an die Gegebenheiten der Quellwasseröffnungen in der Erde und der Felsen angepasst hatte; Letztere durfte man nicht entfernen, denn sie waren Stöpsel.

Endlich, nachdem er eine spitz zulaufende Ecke umrundet hatte, stand er vor einem erleuchteten Fenster und sah hinein. Wie riesengroß war seine Überraschung (aber das war sie jedes Mal, wenn er etwas sah in dieser Nacht), als sich ihm eine Szene bot, die er nur allzu gut kannte: eine Pokerrunde. Jetzt plötzlich erinnerte er sich, von dem Hotel gehört zu haben, obligatorischer Halt für alle Spieler auf dem Weg nach Süden, für Schmuggler, Lastwagenfahrer, Geldverleiher ... Ein altes Thermalhotel mit erloschener Gästeschaft, eine legendäre Spielhölle. Nie hätte er gedacht, dass er selbst es eines Tages oder eines Nachts kennenlernen würde.

Angesichts dieser Szene blendete er alles um sich herum aus, sogar die Frau, die hinter ihm auf Fußspitzen stand, um sehen zu können. Die Männer, die Karten, die Jetons, die Whiskygläser ... Aber alles blieb nicht ausgeblendet; etwas bemerkte er doch. Einer der Spieler stammte aus Pringles, und er kannte ihn gut, nicht nur, weil er sein Nachbar war.

Es war der Mann, den man Chiquito nannte, der Lastwagen-fahrer. Er brauchte ihn nur zu sehen, um zu wissen, dass die Fahrt nicht umsonst gewesen war, oder zumindest, dass er nicht die falsche Richtung eingeschlagen hatte. Wenn er von ihm bekäme, was er sich vorgenommen hatte, bräuchte er nicht weiterzufahren.

Er wusste genau, wie man an einen Spieltisch gelangt, selbst dann, wenn alle Türen verschlossen waren. Seine Bewegun-gen wurden zielsicher, und Silvia Balero merkte das. Er klopfte ein paar Mal ans Fenster und dann an die nächstgelegene Tür. Bevor jemand ihm aufmachen kam, griff er in die Brusttasche und zog eine schwarze Augenmaske heraus. Er trug sie seit einer Weile mit sich herum und hätte nicht gedacht, dass er so bald Gelegenheit finden würde, sie zu benutzen. Er setzte sie auf (sie hatte ein Gummiband, mit dem sie am Hinterkopf hielt). Damals war es üblich, und ist es bis heute, dass die Spie-ler in Spielhöllen ihre Identität hinter Masken verbergen. Wes-halb der Hotelportier auf den ersten Blick wusste, was er wollte. Sie traten ein. Silvia Balero zupfte ihn am Ärmel.

»Was wollen Sie?«, fragte er unwirsch; er konnte nicht glauben, dass ihm eine Unbekannte ausgerechnet jetzt in die Quere kam, wo er im Begriff stand, den Einsatz seines Lebens zu tätigen.

Sie wollte einen Platz zum Schlafen. Eigentlich schlief sie schon halb, schlafwandelte.

Ohne ihr zu antworten, wandte sich Ramón an den Portier, der ihnen voranging, welcher aber meinte, sie müssten mit dem Hotelbesitzer sprechen, der mit am Spieltisch saß. Das taten sie. Die Anwesenden musterten die junge Lehrerin mit abschätzigem Blick, und der Hotelier brachte sie zu einem Zimmer, nicht weit von dort, wo sie saßen, und kehrte zurück. Der Neuankömmling hatte bereits seinen Platz, die Regeln waren ihm vorgebetet worden, und er verlangte Jetons auf Kredit. Zusammen mit dem Hotelchef waren sie zu fünft. Der Portier sah zu. Zwei waren Lastwagenfahrer, der Chiquito und noch ein übel aussehender Bursche; die übrigen beiden waren Farmer aus der Umgebung, Viehzüchter, gut betucht. Der Chiquito hatte viel gewonnen. Zu diesem Zeitpunkt spielten sie bereits um Tausende von Schafen oder ganze Berge.

Wozu sich mit der Beschreibung eines Spiels aufhalten, eins ist wie das andere. Dame, König, Bube etc. Ramón verlor nacheinander seinen Laster, das himmelblaue kleine Auto und Silvia Balero. Ihm blieb gerade noch genug, um die zwei Whisky zu bezahlen, die er getrunken hatte. Mit in der Tiefe der Maske halb geschlossenen Augen ließ er die Karten auf den Teppich fallen und fragte:

»Wo ist das Klo?«

Man wies ihm den Weg. Er ging und floh durchs Fenster. Er lief dorthin, wo er den Laster zurückgelassen hatte, und zog schon die Schlüssel aus der Tasche ... Aber als er zu der Stelle auf dem Vorplatz zwischen den anderen Lastwagen kam, allesamt groß und modern (Chiquitos Laster, den er gut kannte, mit einer seltsamen, hinten am Anhänger klebenden schwarzen Maschine; er hielt nicht an, um nachzuschauen, was das war), fand er ihn nicht. Er glaubte zu träumen. Auch der Mond war verschwunden, nur ein vager Schimmer hing noch zwischen Himmel und Erde. Von seinem Laster keine Spur. Als er ihn verpfändet hatte, war der andere Lastwagenfahrer, der, der ihn später gewann, hinausgegangen, um ihn sich anzuschauen, und hatte ihn nach der Rückkehr als Einsatz gegen zehntausend Schafe akzeptiert, was Siffoni ein bisschen seltsam fand. Ob er ihn bei der Gelegenheit umgeparkt hatte? Unmöglich ohne die Schlüssel, die noch in seiner Tasche steckten. Auf alle Fälle konnte er nicht länger nach ihm suchen, denn in jedem Moment würde man seine Flucht entdecken ... Er versuchte sich in das himmelblaue kleine Auto zu zwängen, was ihm aber nicht gelang; er war ein korpulenter Mann. Er hörte oder glaubte zu hören, wie eine Tür schlug. Er geriet in Panik und verlor für einen Moment den Kopf, im nächsten lief er schon in irgendeiner Richtung querfeldein, vom Berg hinunter in die Hochebene, während zu unvorstellbar früher Stunde der Morgen graute.

Silvia Balero, von der die Spieler nicht wussten, dass sie ein Kind unterm Herzen trug (hätten sie es gewusst, sie hätten trotzdem um sie gespielt), war nun ohne ihr Wissen – sie schlief tief und fest – Chiquitos rechtmäßiges Eigentum. Irgendwann in der Nacht öffneten sich in ihrem Badezimmer automatisch die Wasserhähne, und die Wanne füllte sich mit rotem, kochendem Wasser, das ununterbrochen um sich selbst kreiste und einen ebenfalls roten, kochendheißen, schwefeligen Dampf absonderte.

Als Chiquito sich vom Spieltisch erhob, an dem er der einzige Gewinner gewesen war, unternahm er einen Rundgang durchs Hotel (das ebenfalls in seinen Besitz übergegangen war), mit schwankendem Schritt, nicht weil er getrunken hatte, das machte ihm nie etwas aus, nicht wegen des stundenlangen Stillsitzens, an das er durch seinen Beruf gewöhnt war, sondern aus purer Lust am Schwanken – Koketterie des Grobians. Alles gehörte ihm: auch das war er gewohnt, weil er immer gewann. Er war der größte Glückspilz des Universums, und eine Legende rankte sich um ihn, eine Legende und ein großes Rätsel (warum arbeitete er noch weiter?). Seit Jahren stand er im Visier der Spieler von Pringles, die sich, jeder für sich, vorgenommen hatten, ihn beim Kartenspiel zu besiegen; sie wussten, nur einer würde es schaffen, nur ein einziges Mal, und dieses Ereignis wäre, wenn es eintrat, ein großer Sieg über das Glück. Er wusste davon nichts, und hätte er es gewusst, es würde ihn nicht im mindesten beunruhigt haben. Im Gegenteil, er hätte schallend darüber gelacht.

Er durchquerte die dunkle Lobby und schaute mit trübem Blick in die Runde. Alles war seins, wie so oft, wie immer. Und es gab nichts, das nicht ihm gehört hätte, denn es gab im Hotel keine Übernachtungsgäste ... Moment: einen gab es doch, die schöne Unbekannte ... die ebenfalls ihm gehörte, er hatte sie gewonnen, vom Mann mit der Maske. Er machte sich auf die Suche, jetzt ohne Schwanken. Er öffnete eine Tür nach der anderen, alle Zimmer leer, bis er zu dem von Silvia Balero kam. Sie schlief tief und fest in einer rötlichen Wolke. Er betrachtete sie eine Weile ... Dann ging er ins Bad und betrachtete eine Weile das rote, kochendheiße Wasser in der Wanne. Schließlich zog er sich aus und stieg hinein. Niemand hätte die Hitze ertragen, ihm machte sie nichts aus. Das Herz blieb ihm fast stehen, die Augen verengten sich zu Schlitzen, der Mund verzog sich zu einer dümmlichen Grimasse.

Anschließend vergewaltigte er die Schlafende. Dass sie schwanger war, fiel ihm nicht auf; er nahm an, sie habe eine Wampe, wie so viele Frauen im argentinischen Süden. Die Folge war, dass sich ein paar himmelblaue Fingerchen an sein Glied klammerten wie an einen Griff, und als er sich irritiert zurückzog, zerrte er einen behaarten, phosphoreszierenden Fötus mit heraus, hässlich und missgebildet wie ein Dämon, der mit seinem Kreischen Silvia Balero weckte und beide in die Flucht schlug, um selbst als Herr des Geschehens zurückzubleiben.

So geschah es, dass das Monster zur Welt kam.

Tage des Müßiggangs in Patagonien ...

Touristische Tage in Paris ...

Das Leben verschlägt die Leute an alle erdenklichen fernen Orte, und in der Regel verschlägt es sie an die allerfernsten, ans äußerste Ende, denn es gibt keinen Anlass, seinem Impuls auf halbem Weg Einhalt zu gebieten. Weiter, immer weiter ... bis es kein Weiter mehr gibt und die Menschen dann aufprallen und sich irgendeinem Klima, einem Licht ausgesetzt sehen ... Die Erinnerung ist ein Lichtbild, wie in jenem Film das Hologramm der Prinzessin, das der treue Roboter in seinen Schaltkreisen von Galaxie zu Galaxie trägt. Die der Erinnerung innewohnende Traurigkeit rührt daher, dass ihr Gegenstand das Vergessen ist. Alle Bewegung, die Fernfahrt, die Reise, ist ein Aufruhr des Vergessens, der sich zur Blase des Erinnerns wölbt. Die Erinnerung ist immer transportabel, immer in den Händen eines vagabundierenden Automaten.

Die Welt, das Leben, die Liebe, die Arbeit: Winde. Große, gläserne Züge, die pfeifend über den Himmel rasen. Die Welt wird eingehüllt von Winden, die kommen und gehen ... Aber ganz so einfach, so symmetrisch ist es nicht. Die wahren Winde, die Luftmassen, die sich zwischen Druckunterschieden bewegen, drehen am Ende immer zu einer Seite und sammeln sich an den argentinischen Himmeln; Winde, die großen und die kleinen, die kosmopolitischen und die ozeanischen ebenso wie die in Gärten fächelnden Lüftchen: Ein Trichter aus Sternen führt sie alle zusammen, im Schmuck ihrer Geschwindigkeiten und Richtungen wie in Bändern das Haar, und am Ende landen sie dann in jener privilegierten Region der Atmosphäre namens Patagonien. Darum sind die Wolken dort die Momenthaftigkeit par excellence, so wie Leibniz sagte, dass es die Dinge seien (»omne enim corpus est mens momentanea«: ein Stuhl ist genau wie ein Mensch, der einen Augenblick lang leben würde). Die patagonischen Wolken bringen alle Verwandlungen in einem einzigen Augenblick unter und zur Eintracht, alle ohne Ausnahme. Doch dieser Augenblick, der sonst überall kurz und knapp ist wie ein Klick, ist in Patagonien fließend, geheimnisvoll, romanhaft. Darwin nannte das: die Evolution. Hudson: die Aufmerksamkeit.

Ich spreche nicht in patriotischen Metaphern. Das hier ist real.

Reisen ist real. Die Tür zu allen Ängsten aufzustoßen ist real, auch wenn das, was davor war oder danach kommt, es nicht ist, weder die Gründe noch die Folgen. Eigentlich vermag ich mir nicht zu erklären, wie es sein kann, dass die

Leute sich entschließen zu reisen. Vielleicht sollte ich die Werke jener japanischen Dichter studieren, die, indem sie von Landschaft zu Landschaft zogen, Themen für ihre etwas zusammenhanglosen Kompositionen fanden. Vielleicht liegt darin die Erklärung. »Am nächsten Morgen war der Himmel sehr klar, und just in dem Moment, da die Sonne ihren größten Glanz erlangte, fuhren wir hinaus auf die Bucht.« (Basho)

Die Himmel Patagoniens sind immer makellos. Dort sammeln sich die Winde zu einer großen Kirmes unsichtbarer Verwandlungen. Man könnte auch sagen, dass dort alles geschieht, und die übrige Welt verpufft in der Ferne, wirkungslos, China, Polen, Ägypten ... Paris, das Lichtbild. Alles. Es bleibt nur jene strahlende Weite, Argentinien, schön wie ein Paradies.

Wie reisen? Wie anderswo leben? Wäre das nicht Verrücktheit, Selbstvernichtung? Nicht Argentinier zu sein ist ein Kopfsprung ins Nichts, und das mag niemand.

Und in völliger Transparenz ... Ich möchte hier einen Gedanken notieren, auch wenn er nichts zur Sache tut, bevor ich ihn vergesse: Waren die chinesischen Ideogramme nicht vielleicht ursprünglich dazu gedacht, auf Glas geschrieben zu werden, um sie von der anderen Seite zu lesen? Möglicherweise rührt daher das ganze Missverständnis.

Und in völliger Transparenz, sagte ich ... ein Brautkleid. Eine Wolke? Nein. Ein weißes Kleid, natürlich nicht in

Kleidform, besser gesagt: ohne die menschliche Form, die es an ihrer Besitzerin oder einer Schneiderpuppe annimmt, sondern in seiner authentischen Form, der reinen Kleidform, die nie jemand zu sehen Gelegenheit hat, weil damit nicht gemeint ist, sie als einen über Tisch oder Stuhl geworfenen Haufen Stoff zu sehen. Das wäre nur unförmig. Die Form des Kleides ist eine unablässige, unbegrenzte Verwandlung.

Und es war das schönste und komplizierteste Brautkleid, das je genäht wurde, Entfaltung sämtlicher weißer Fältchen, Weichmodell eines Universums von Weißtönen. In zehntausend Meter Höhe fliegend, in scheinbar majestätischer Langsamkeit, obwohl in Wirklichkeit offenbar sehr schnell (es gab keinen Anhaltspunkt in diesem himmelblauen Abgrund reinen Tages). Und unaufhörlich die Form wechselnd, Makroschwan, stets neue, nie dieselben Flügel spreitzend, die vierzehn Meter lange Schleppe, Hyperschaum, *köstliche Leiche*, Fahne meines Vaterlands.

So viele Jahre sind vergangen, dass es schon Dienstag sein muss!

....

Ich hatte Delia verlassen, wie sie durch die trostlose Dämmerung irrte. Nach Stunden ungewissen Draufloslaufens begann sie sich zu fragen, wo sie übernachten sollte. Sie fühlte sich verloren, in unmenschlicher Müdigkeit erstarrt. Ein wenig mehr, ein klein wenig mehr, und ihre Fortbewegung wäre die einer Automate, einer Verrückten. Schon jetzt war egal, welche Richtung sie nahm; würde sie zu irgendeiner Seite irgendetwas sichten, sie ginge darauf zu. Was sie beunruhigte, war das Gefühl, am äußersten Rand der Anteilnahme zu stehen; einmal auf die andere Seite gelangt, würde sie nicht mehr die Richtung wechseln. Die Nacht kam ihr vor wie jene irgendwie uniforme Einöde, die in sie eindringen würde und sie mit nackter Angst erfüllte. Ein Haus, ein Dach, eine Höhle, ein Schuppen …! Ein verlassener Hof, ein verfallenes Gebäude, ein Unterstand …! Sie wusste, noch am Tiefpunkt der Erschöpfung konnte sie die nötige Energie freisetzen, um jede beliebige Behausung für eine Nacht bewohnbar zu machen, sei sie auch noch so erbärmlich … Sie sah sich fegen, aufräumen, das Bett beziehen, die Vorhänge waschen … Absurde Phantasien, die sie aber ein wenig trösteten, derweil ihre Unbehaustheit zunahm, da sich das Tafelland immer weiter ausdehnte und der Horizont einen neuen weißen Streifen nach dem anderen aufspannte … Hatte das Weitergehen Sinn?

Es war praktisch Nacht geworden. Fehlte nur noch, dass es dunkel wurde. Jeder Moment schien der letzte, um noch ein Anzeichen von Rettung zu sehen. Und in einem davon sah sie endlich etwas: zwei lange, niedrige Parallelogramme wie zwei Gedankenstriche am Ende der Ferne. Beflügelten Fußes ging sie darauf zu und fühlte, wie das ganze Weh der Müdigkeit in ihren Venen kreiste. Und genau in dem Moment wurde es dunkel (es musste Mitternacht sein), und der Himmel füllte sich mit Sternen.

Sie sah ihr Ziel nicht mehr und sah es doch. Sie beeilte sich. Was galt es, ob sie in ihr Verderben rannte. Verderben gab es viele! Noch nie hatte sie im Dunkeln alle Orientierung verloren, war nie im letzten Licht auf den erstbesten sichtbaren Schemen zugestürzt, um Obdach und Trost zu erbetteln ... aber irgendwann ist immer das erste Mal. Alles andere war ihr egal.

Delia war eine junge Frau; sie hatte eben die Dreißig überschritten. Sie war klein, stark, gut gebaut. Das erst jetzt zu sagen, ist nicht nur ein literarischer Kunstgriff. Für uns Jungen (ich war der beste Freund ihres elfjährigen Sohns) war sie eine Señora, eine von den Müttern, eine hässliche, bedrohliche Alte ... Aber es gab andere Sichtweisen. Es ist der kindliche Gesichtspunkt, der die Frauen lächerlich, genauer gesagt, der sie wie Transvestiten, also ziemlich komisch erscheinen lässt, wie gesellschaftliche Artefakte, die, wenn erst die kindliche Sichtweise sich ein wenig verschiebt, nur den Zweck erfüllen, für Gelächter zu sorgen. Und doch sind sie echte Frauen, geschlechtliche Wesen, begehrenswert und schön ... So eine war Delia. Jetzt, wo ich dies schreibe, muss ich sie wieder zurückverwandeln, was nicht einfach ist. So als würde sich mein ganzes Leben in dieser Anstrengung erschöpfen und als wäre danach niemand mehr übrig, der noch einen Stift halten könnte, nur ein Gespenst ... Schon der Satz »So eine war Delia« verfälscht die Dinge, vergespenstert sie. Nein, Delia ist kein Lichtbild im Archiv irgendeines Bildprojektors. Ich sagte, sie sei eine echte Frau, und ich halte mich an meine Worte ... an einige zumindest ... an die Worte, bevor sie Sätze bilden, wenn sie noch reine Gegenwart sind.

Plötzlich sah sie vor sich die riesigen Rechtecke aufragen wie schwarze Mauern, die ihr gnädig den Weg versperrten. Auf fast den gesamten letzten hundert Metern hatte sie geglaubt, es wären Wände, aber dann erkannte sie ihren Irrtum: Es war ein Lastwagen, einer jener gigantischen Lastwagen mit Anhänger wie der, der in ihrem Viertel stand, der von Chiquito ... So durcheinander war sie, dass sie in keinem Moment auf die Idee kam, es könne selbiger sein (was tatsächlich der Fall war), womit ihre Suche beendet gewesen wäre ...

Er stand da ohne Licht, dunkel und stumm wie eine aus dem Tafelland emporgeschossene Naturformation. Seine dreißig Räder, groß wie Delia selbst, mit schwarzen Atmosphären prall gefüllt, ruhten auf der vollkommen planen Erde. Das musste es gewesen sein, was ihm den Anschein eines Gebäudes verliehen hatte.

Die Gestrandete lief zum vorderen Teil und schlich, dort angekommen, außen um die Fahrerkabine herum, versuchte vorsichtig spähend einen Blick ins Innere zu werfen. Die Windschutzscheibe von den Ausmaßen einer Filmleinwand nahm die obere Hälfte der platten Schnauze ein. Sternbilder spiegelten sich darin, außerdem war eine Sammlung Schmetterlinge an ihr gestrandet, die der Fahrer zu entfernen sich nicht die Mühe gemacht hatte. Die Flügelstückchen, himmelblau, orange, gelb, alle mit einem metallischen Glanz, der das Licht des Firmaments bündelte, waren mit ihrem phosphoreszierenden Gel kleben geblieben, Bruchstücke von wunderlichem Zuschnitt, in denen Delia, zerstreut, wie sie war, Schäfchen, kleine Autos, Bäume, Profile und sogar Schmetterlinge zu erkennen glaubte.

Im Innern war niemand zu sehen, aber das wunderte sie nicht. Sie wusste, dass die Lastwagenfahrer, wenn sie über Nacht zum Schlafen anhielten, sich in ein Abteil hinter der eigentlichen Fahrerkabine legten, das manchmal auch Platz für zwei und mehr Personen bot. Anscheinend machten sie es sich darin richtig gemütlich. Sie hatte nie selbst eins von innen gesehen, aber schon davon gehört. Ihr Sohn Omar hatte ihr von den Bequemlichkeiten erzählt, mit denen Chiquito seinen Lastwagen ausgestattet hatte, auf den wir immer zum Spielen kletterten. Selbst wenn sie die Phantasie und das Größenverhältnis eines Kindes in Abzug brachte, schien ihr das glaubhaft, denn andere hatten es bestätigt, es war ja auch vernünftig. Sie war überzeugt, dass dieser nächtliche, riesig große und moderne Lastwagen dem aus ihrem Viertel in nichts nachstand (sie wusste nicht, dass sie ein und derselbe waren).

Sie ging zur Fahrertür und klopfte. Sie wartete kurz, und da sich nichts regte, klopfte sie noch einmal. Sie wartete. Nichts. Sie klopfte wieder. Tock, tock. Keine Reaktion. Der Fahrer wachte nicht auf. Aber ... was für ein Geruch nach Spiegelei! Delia hatte seit einer halben Ewigkeit keinen Bissen mehr zu sich genommen, weshalb sie dieses unpassende Aroma nicht erstaunte, es brachte vielmehr die Wut über ein höhnisches Geschick zum Überkochen und gab ihr Mut, noch einmal an die Tür zu klopfen. Ich steige ein, sagte sie sich, als sich weiterhin nichts rührte. Trotzdem wartete sie ein Weilchen und klopfte erneut. Vergebens. Schon ohne Hoffnung klopfte sie ein weiteres Mal und verharrte eine Minute in erwartungsvoller Anspannung. Wieder stieg ihr der Geruch in die Nase. Für sie war klar, dass er aus dem Innern des Lastwagens kam, bestimmt machte sich der Fahrer sein Abendessen. Und sie stand draußen, halb tot vor Hunger und Müdigkeit, Hunderte von Meilen weit weg von zu Hause! »Ich steige ein, ganz egal«, dachte sie, aber aus einem Rest von Anstand heraus klopfte sie noch dreimal mit den Knöcheln ans massive Blech der scheinbar stahlharten

Fahrertür. Sie wartete, ob man sie durch Zufall diesmal hören würde, aber nein.

Einsteigen war, auch als ihr Entschluss feststand, nicht so leicht. Diese Lastwagen schienen wie für Riesen gemacht. Die Tür befand sich hoch oben. Es gab aber eine Art Trittbrett, und von dort kam sie an den Türgriff. Obwohl nicht verriegelt, erforderte es fast übermenschliche Kräfte, den hydraulischen Türöffner zu betätigen. Schließlich hängte sie sich mit ihrem ganzen Gewicht daran, und so klappte es. Eine Lastwagentür öffnet sich, wie alle Fahrzeugtüren, nach außen, im Gegensatz zu einer Haustür. Und die hier öffnete sich sperrangelweit und einladend, nahm jedoch Delia in hohem Bogen mit ... Das Trittbrett verschwand unter ihren Füßen, und sie hing pendelnd am Türgriff, zwei Meter über dem Boden. Sie konnte nicht glauben, dass sie diese Pirouetten drehte wie ein unartiges Mädchen. »Und was mache ich jetzt?«, fragte sie sich besorgt. Es schien keine Lösung zu geben. Sie konnte sich fallen lassen und darauf hoffen, sich kein Bein zu brechen, und dann das Trittbrett noch einmal erklimmen. Allerdings war ihr unklar, wie sie in diesem Fall die Tür wieder hätte schließen können, aber das war ihr geringstes Problem. Wie auch immer, sie machte es auf die schwierige Art: Sie streckte ein Bein hoch in die Luft, bis sie die seitliche Kabinenfront berührte, stieß sich und die Tür mit aller Kraft ab, nahm rechtzeitig, bevor sie zufallen konnte, eine Hand vom Türgriff und packte stattdessen den Rückspiegel. Zwischen Griff und Spiegel hängend zwängte sie sich mit dem Körper durch die Öffnung, bis sie einen Fuß ins Innere setzen, mit einer weiteren Akrobatik den Türgriff endgültig fahren lassen und das Lenkrad packen konnte. Das war ein weniger fester Halt als ihre vorherigen: Es drehte sich, und überraschend fand sich Delia plötzlich in der Horizontalen wieder und schlug in der Not die frei gewordenen Hände vors Gesicht. Zum Glück fiel sie nach innen, auf den Boden der Fahrerkabine, der Kopf jedoch hing nach draußen, und mit ihrem letzten Schwung kam die Tür auf sie zu ... Sie würde sie sauber enthauptet haben, hätte nicht eine unbekannte Kraft sie einen Millimeter vor ihrem Hals gestoppt. Die messerscharfe Metallkante schwang sanft zurück, und ohne ihre Wiederkehr abzuwarten, brachte Delia den Kopf aus der Gefahrenzone. Sie versuchte sich aus ihrer höchst unbequeme Lagen zu befreien und auf den Sitz zu klettern. So geräumig war die Kabine, dass sie mit dem Rücken zur Windschutzscheibe aufstehen konnte.

Sie wollte sich umdrehen und hinsetzen, damit ihr Herz sich beruhigen konnte, aber es ging nicht. Mit Schrecken spürte sie, dass etwas ihre Hüfte eisern umringte und sie daran hinderte, sich zu bewegen. Wäre sie ohnmächtig geworden – und es fehlte nicht viel, so lähmend war ihr

Entsetzen –, die unbarmherzige Umklammerung hätte sie im Stehen festgehalten. Und es war keine Einbildung, auch kein Krampf, denn sie fasste sich mit den Händen an die Hüfte und spürte eine Art starrer, stahlharter Viper, die sich außen weich anfühlte und sie wie ein ungeheuerlicher Gürtel umringte. Sie schrie nicht; nicht, weil ihr Mund zu gewesen wäre, sondern weil aus ihm keine Stimme kam. Sie konnte sich nach rechts und links drehen, aber immer auf dem selben Fleck: der Ring gab keinen Millimeter nach, obwohl er interessanterweise jedes Mal, wenn sie es versuchte, mit ihr eine Viertelkreisdrehung veranstaltete. Sie brauchte einige tödliche Sekunden, um zu begreifen, dass sie beim Aufstehen mit dem Körper durchs Lenkrad geraten war, das sie jetzt um die Hüften trug.

Sie stieg nach oben heraus und plumpste auf den nach Leder und Fett riechenden Sitz, wo sie sich schwer atmend zusammenrollte und zum tausendsten Mal fragte, warum ausgerechnet ihr so unschöne Dinge passierten. Erschöpft wie sie war, wäre sie eingeschlafen, hätte sich hier drinnen nicht, wie sie erst jetzt bemerkte, der Geruch nach Gebratenem noch verstärkt.

Sie brauchte eine Weile, um sich zu beruhigen und ihre Lage zu überdenken. Sie war in Fahrtrichtung gelandet, und was sie durch die Windschutzscheibe sah, ließ sie aufschauen. Vor ihr lag, in Gänze und grenzenlos, das wunderbare nächtliche Patagonien. Ein mondweißes Tafelland und ein schwarzer Himmel voller Sterne. Zu groß, zu schön, um es mit einem Blick zu erfassen; und doch musste sie mit einem auskommen, denn einen zweifachen hat niemand. Dieses Panorama schien im puren Schwarz der Nacht dazuliegen, war gleichzeitig jedoch pures Licht. Es zeigte sich von kleinen schwarzen Flecken wie mit Löchern aus Leere übersät, in deren klar umrissene, wunderliche Formen der Zufall hartnäckig all die Dinge projizierte, die ein ruheloses Bewusstsein in ihnen erkennen wollte, ohne sie vollends zu erkennen, als würde die sinnbildliche Fülle das Sein der Dinge übersteigen. Diese Flecken waren die von innen sichtbaren Rückseiten der an der Windschutzscheibe klebenden Schmetterlingsflügelstückchen.

Als Delia endlich den Blick von dem grandiosen Schauspiel abzuwenden vermochte, bewunderte sie das opulent ausgestattete Armaturenbrett. Es gab Hunderte von Instrumenten, Uhren, Zeigern, Knöpfen, Dreh- und Kippschaltern ... War das alles nötig, um einen Lastwagen zu steuern? Es gab nicht einen Schalthebel, sondern drei. Und ein weiteres Dutzend ragte sternförmig aus der Achse des Lenkrads. Letzteres hatte einen solchen Umfang, dass sie sich nicht mehr wunderte, ungewollt hineingeraten zu sein: verwunderlich wäre gewesen, es zu verfehlen. Unten, im Schatten, erkannte sie schemenhaft eine Klaviatur von Pedalen. Sie fühlte sich sehr klein, sehr reduziert und nahm unwillkürlich die Füße vom Sitz.

Sie musste sie aber gleich wieder heraufnehmen, sich sogar auf den Sitz stellen, um zum Schlafplatz des Lastwagenfahrers zu gelangen. Aus Omars Beschreibungen wusste sie, dass sich der Zugang oberhalb der Rücklehne befand, über die sie jetzt einen Blick warf. Sie sah zwei horizontale Trennflächen, die einen goldenen Lichtschimmer zwiefach unterbrachen. Sie wollte rufen, aber ein paar dumpfe Geräusche und der fast erstickte Widerhall einer Stimme ließen sie plötzlich zusammenfahren. Sie wusste wirklich nicht, wohin sie geraten war, in welche Höhle des Löwen. Aber jetzt gab es kein Zurück mehr. Der immer verfehlten Logik höflicher Eindringlinge gemäß zog sie es vor, nicht zu rufen, sondern sich auf die Zehenspitzen zu stellen, um die Überraschung irgendwie vorzubereiten; nicht dass der nichts ahnende Lastwagenfahrer einen Herzinfarkt bekäme oder ihm keine Zeit bliebe, sich die Hose anzuziehen.

Sie stieg hinein, mit den Beinen voran. Als sie losließ, fiel sie tiefer als erwartet. Sie rutschte auf einer der Trennflächen abwärts, die, weil mit Scharnieren an der Kabinenwand befestigt, nach vorne nachgab. Sie fand sich in jenem Schlafzimmer der Fernfahrer wieder, von dem sie so viel gehört hatte. Es gab zwei Pritschen dicht nebeneinander, beide ungemacht. Schmutz und Unordnung spotteten jeder

Beschreibung: Comics, Kleidung, abgenagte Geflügelknochen, Messer, Schuhe ... Eine brennende Kerze auf dem Nachttisch erhellte die Lasterhöhle. Für eine Frau wie sie, verloren und allein, war diese Atmosphäre von dubioser Vorbedeutung. Ein Teil ihres Bewusstseins wusste das, der andere war mit dem Versuch beschäftigt, spätere Ereignisse vorauszusehen. Letzterer übernahm die Initiative; sie verließ den Ort aufs Geratewohl über eine der beiden Türen und steuerte durch einen Raum voller Gerümpel, dem sie keine Beachtung schenkte, auf eine weitere Tür zu, hinter der sich ein kleines Wohnzimmer mit Ledersesseln befand. Sie blieb zwischen ihnen stehen, schaute sich um und konnte es nicht glauben. Licht gab es hier keins, nur das, welches durch die offene Tür fiel, woher auch die Geräusche kamen. Das Wohnzimmer hatte vier Türen, in jeder Wand eine. Alle standen offen. Sie warf einen Blick durch die dunkelste, die auf einen Flur ging, dann durch die nächste: ein Büro mit großem Sekretär, wo sich die Unordnung und der Schmutz der Schlafkabine wiederholten. Sie ging hinein, durch die Tür gegenüber wieder hinaus und stand in einem Vestibül mit Stühlen. Und drei Türen. Sie nahm die erste links: ein leeres Schlafzimmer mit einem gemachten Bett. Das Bett sah eigentlich eher aus wie ein niedriger, weicher Tisch ... Auch hier gab es wieder eine Tür. Rückblickend fiel ihr auf, dass es in allen Räumen welche gab, als wäre man auf größtmögliche Zirkulation bedacht gewesen. Die Folge war, dass sie jegliche Orientierung verlor. Sie lief weiter und gelangte irgendwie in eine Art Kombüse, aus der das Licht kam, welches sich im ganzen Labyrinth ausbreitete.

Hier glaubte sie, der Moment der Wahrheit sei gekommen, obwohl niemand da war. Auf dem Herd aber brutzelten in der Pfanne zwei Spiegeleier. Der Koch musste kurz hinausgegangen sein, vielleicht um sie zu suchen, falls er sie gehört hatte. Ein großer Petromax tauchte den mit Küchengeräten und Lebensmitteln vollgestopften Raum in grelles Licht. Überall unglaubliche Stapel schmutzigen Geschirrs und Abfälle, die zum Teil sogar an Wand und Decke klebten. Ein summarischer Blick in die Pfanne verriet ihr, dass die Spiegeleier fast fertig waren. Auf dem Tisch eine halbe Flasche Rotwein und ein Glas. Sie bekam Angst und rannte hinaus: Sie platzte in das Wohnzimmer, in dem sie schon gewesen war und das ihr jetzt durch einen neuen Geruch verändert vorkam, was ihre Angst verdoppelte. Sie folgte mit den Augen einer Rauchspirale und sah im Aschenbecher auf dem Couchtisch eine gerade angezündete Brasil-Zigarette liegen. Doch noch immer war kein Mensch zu sehen ... Seltsam.

Delias Abneigung gegen Tabakrauch war extrem und kaum zu erklären. Dass in einem Haus geraucht wurde, schien ihr unbegreiflich. Bei ihrer Heirat hatte sie ihren

Mann dazu bewegen können, diese Gewohnheit aufzugeben, ein kleines, aber jedenfalls bemerkenswertes Wunder. Bis zu einem gewissen Punkt hatte sie vergessen, dass es so etwas gab. Mit ungläubigem Entsetzen starrte sie auf den Rauch, der in die übernatürliche Stille der Luft dieses Interieurs aufstieg.

Durch die Flurtür kam Chiquito herein, beugte sich vor und griff nach seiner Zigarette. Er war in Unterhose und Unterhemd, struppig und ungekämmt und machte ein finsteres Gesicht. Er verschwand in der Küche.

Fast sofort kam er mit den Spiegeleiern in der Pfanne zurück. Er durchquerte das Wohnzimmer und ging durch die selbe Tür hinaus, durch die er eben gekommen war … am Ende des Flurs gab es ein Esszimmer. Delia kam hinter dem Sessel hervor, hinter dem sie sich versteckt hatte, und sah, wie er sich an den Tisch setzte, den Inhalt der Pfanne auf einen Teller gab und zu essen begann. Die Überraschung, als sie ihn erkannte, hatte sie gelähmt. Ohne dass sie eine Intellektuelle gewesen wäre, resümierte sie blitzschnell, spontaner Eingebung folgend, ihre Situation in einer epigrammatischen Umkehrung dessen, was sie sonst immer zu sagen pflegte: Sie war es, sie selbst, die ohne es zu wollen ihrem Schicksal einen üblen Streich gespielt hatte.

Plötzlich stieß Chiquito einen Schrei aus. Er hatte sich ein ganzes Ei in den Mund geschoben, ohne daran zu denken, vorher die Kippe aus selbigem zu nehmen, und die Glut hatte ihm die Zunge verbrannt. Er spuckte einen Schwall gelb-weißen Breis aus, der eine vor ihm sitzende Frau traf. Es war Silvia Balero, die seit ihrer letzten Anprobe bei der Schneiderin eine bemerkenswerte Verwandlung erfahren hatte: Sie war schwarz. Über Gesicht, Brust und Arme lief die Eiersoße, ohne dass sie eine Miene verzog. Sie wirkte wie eine Statue aus Ebenholz. Stöhnend stürzte Chiquito hinaus in den Flur und kam mit einem Heftpflaster auf der Zunge zurück. Er trank mehrere Gläser Wein hintereinander. Die Balero, ganz in bläulich schimmerndem Schwarz, blieb weiter unbeweglich, zuckte mit keiner Wimper. Der Lastwagenfahrer beendete sein Mahl, schälte eine Orange, warf die Schalen achtlos zu Boden und zündete sich schließlich eine weitere Brasil-Zigarette an. Die ganze Zeit über hatte er mit seinem Gast gesprochen, allerdings in kehligen Lauten, die nicht zu verstehen waren. Die schwarze Frau schüttelte sich von Zeit zu Zeit und gab ein paar sinnlose Worte von sich. Unglaublich, dass eine naturblonde Frau mit schneeweißer Haut wie die Balero über Nacht diese dunkle Färbung annehmen konnte. Der Chiquito hatte seinen Unfall schon wieder vergessen, lachte schallend und wirkte rundum zufrieden und völlig unbekümmert ...

Bis zu dem Moment, da er sich seine dritte oder vierte Nach-Tisch-Zigarette genehmigte und Delia hinter dem

Sessel ein verärgertes Schnauben oder Hüsteln nicht unterdrücken konnte (die Luft war fast nicht mehr zu atmen). Chiquito hörte sie und drehte seinen mächtigen Rumpf, so dass der Stuhl unter ihm ächzte und die Stuhlbeine sich berührten. Seltsam, wie jemand von seiner Leibesfülle zu einem solchen Spitznamen kommen konnte: Chiquito. Sicher hatte er ihn in der Kindheit erhalten, und man war dabei geblieben. Der Gedanke an eine euphemistische oder ironische Absicht verbot sich in seiner Gegenwart.

Delia wich kriechend bis zur nächsten Tür zurück, und als sie sich außer Sicht wähnte, lief sie los. Zum Glück gab es Ausgänge nach allen Seiten … Aber das nämliche Überangebot barg die Gefahr, im Labyrinth im Kreis zu gehen, und erhöhte das Risiko, ihrem Verfolger in die Arme zu laufen. Längst hatte sich Delia von der Idee verabschiedet, um Obdach oder Unterstützung bei der Rückkehr nach Hause zu bitten. Zumindest hier. Zwischen Überraschung und Entsetzen hatte sie keine Zeit zum Nachdenken gefunden, aber das war egal. Sie stellte fest, dass man auch ohne Zeit nachdenken konnte.

Chiquito stürzte ihr nach und brüllte in einem fort:

»Wer da, wer da …«

»Zumindest hat er mich nicht erkannt«, dachte Delia, die, so verzweifelt sie war, ihr Zusammenleben im Viertel nicht gefährden wollte … sollte sie eines Tages zurückkehren.

Sie suchte die Schlafkabine, durch die sie eingestiegen war, um über die hängenden Trennflächen hinauszugelangen ... Aber sie landete an einem gänzlich anderen Ort, in einem unwegsamen Dickicht dunklen Metalls, in dessen Verwicklungen sie sich heillos verfing. Als wäre der Schwung, den sie mitbrachte, noch wenig, hielt sie obendrein stur daran fest, ihren Weg fortzusetzen, indem sie erst ein Bein vorschob, dann das andere, einen Arm, den Kopf ... Sie war in den Motor des Lastwagens geraten, der momentan schlief ... Aber was, wenn er ansprang? Das in Gang gesetzte Gestänge würde sie augenblicklich zermalmen ... Sie spürte etwas Klebriges an den Händen: Es war schwarze Wagenschmiere, die sie schon über und über bedeckte. Ihre Beklemmung erreichte den Höhepunkt. Sie konnte sich praktisch nicht bewegen, weder vor noch zurück, auf allen Seiten von der Maschine umschlungen ... Und Chiquitos Schritte und Schreie kamen näher, hallten in den mastodontischen Hubraumkammern wider ... Sie war verloren!

In diesem Augenblick brachte eine heftige Erschütterung alles ins Wanken. Im ersten Moment fürchtete Delia schon, das Schlimmste sei geschehen und der Motor angesprungen. Aber das war es nicht. Die Erschütterungen nahmen zu, und der ganze Lastwagen geriet auf seinen dreißig Rädern ins Tanzen. Ein gellendes Pfeifen umkreiste und durchdrang die Blechwände. Sämtliche Gerüche stiegen ihr in die Nase und verflogen wieder. Ein kalter Luftzug traf sie.

»Wind ist aufgekommen«, dachte sie automatisch. »Und was für einer!«

Chiquito reagierte unerwartet. Er begann zu brüllten wie am Spieß. Als wäre im unpassendsten Moment sein schlimmster Feind erschienen.

»Du schon wieder! Verfluchter Wirbelwind aus tausend Arschgewittern! Diesmal entkommst du mir nicht! Ich bring dich uuuuuuuum!

Statt zu antworten vertausendfachte der Wind sein Tosen. Der Lastwagen erzitterte, seine Blechwände klapperten, und im Innern polterte alles durcheinander ... das Entscheidende aber war, dass die hereingepresste Luft ihn aufzublähen schien ... auch die Motorteile ... Delia fühlte sich befreit und wurde plötzlich von einer Böe erfasst, die sie an- und abprallend und in Schmieröl schlitternd zu einer Windhose im Frontkühler trug, in dessen Gitterstäben sich das Pfeifen brach wie zehn Symphonieorchester in einem zyklopischen Tutti ... Der verchromte Grill flog davon, Delia sprang hinterher, war schon draußen und lief wie eine Gazelle.

Sie war selbst überrascht, wie schnell sie dahinflog, wie ein Pfeil. Zu Recht rühmte sie sich ihrer Energie und Behändigkeit, aber das nur im Haus, wenn sie fegte, wusch und kochte, höchstens dass sie mal durchs Viertel eilte, mit trippelnden Schrittchen, wenn sie ihre Aufträge erledigte, aber niemals im Laufschritt. Jetzt tat sie es völlig mühelos, als steckte sie in Siebenmeilenstiefeln. Die Luft pfiff ihr um die Ohren. »So eine Geschwindigkeit«, dachte sie, »was Angst nicht alles vermag!«

Als sie stehenblieb, erstarb das Pfeifen zu einem Säuseln, dauerte aber an. Noch immer hüllte der Wind sie ein.

»Delia ... Delia ...«, rief eine Stimme aus nächster Nähe.

»Wie? Wer ...? Was ...? Wer ruft da?«, fragte Delia, korrigierte aber ihren etwas inquisitorischen Ton, aus Angst, jemanden vor den Kopf zu stoßen: Sie fühlte sich so allein, und ihr Name war mit so ausgesuchter Sanftheit erklungen. »Ja bitte? Ich bin's, ich bin Delia. Wer ruft mich?« Sie sagte das fast lächelnd, mit einem neugierigen, interessierten, auch ein wenig ängstlichen Ausdruck, denn es grenzte an Zauberei. Weit und breit kein Mensch, und der Lastwagen war schon nicht mehr zu sehen.

»Ich bin es, Delia.«

»Nein, Delia bin ich.«

»Ich wollte sagen: Delia, oh Delia, ich bin es, der dich ruft.«

»Wer ist ich? Verzeihen Sie, ich sehe niemanden.«

Die Stimme war die eines Mannes: tief, höflich, klangvoll, unerschütterlich.

»Ich: der Wind.«

»Ah. Sie sind eine Stimme, die der Wind heranträgt? Aber wo ist der Mann zu der Stimme?«

»Es gib keinen. Ich bin der Wind.«

»Der Wind spricht?«

»Du hörst mich ja.«

»Ja, ja, ich höre Sie. Aber ich verstehe nicht ... Ich wusste nicht, dass ein Wind sprechen kann.«

»Ich schon.«

»Was für ein Wind sind Sie?«

»Ich heiße Wirbelwind.«

Der Name kam ihr bekannt vor.

»Das sagt mir etwas ... Sind wir uns schon mal begegnet?«

»Schon oft. Vielleicht fällt es dir wieder ein.«

»Erinnern Sie sich?«

»Selbstverständlich.«

Sie dachte nach.

»War es vielleicht damals ...?«

»Ja, ja.«

»Und das andere Mal, als ...?«

»Ja, was bist du für ein physiognomisches Talent!«

Er sagte das nicht im Scherz. Es musste eine Redensart sein.

»So oft schon ...! Jetzt fallen mir andere Male wieder ein, aber ich könnte stundenlang davon erzählen.«

»Und ich würde dir zuhören, ohne mich zu langweilen. Es wäre Musik in meinen Ohren.«

»Millionen Mal.«

»So oft nicht, Delia, so oft nicht. Außerdem bin ich unverwechselbar.«

Er war sehr freundlich, wirklich. Aber die arme Delia war nicht in der Verfassung, ihre Höflichkeit so weit zu treiben, dass sie Proust'sche Register hätte ziehen können, weshalb sie auf eine unmittelbarere Angelegenheit zu sprechen kam.

»Haben Sie mich vor dem Lastwagenfahrer gerettet?«

»Ja.«

»Danke. Sie ahnen nicht, wie dankbar ich Ihnen bin.«

»Ich habe mich um dich gekümmert, seit du hierher gekommen bist, Delia. Wer, glaubst du, hat dich vor den klabauternden Winden gerettet, die dich im Himmel tanzen ließen, und dich heil und unversehrt auf der Erde abgesetzt? Wer hat die Lastwagentür gestoppt, als sie dir fast den Kopf abgeschnitten hätte?

»Sie etwa?«

»Ja.«

»Dann vielen Dank. Es tut mir leid, dass ich Ihnen so viele Umstände gemacht habe.«

»War mir ein Vergnügen.«

»Mir ist einfach schleierhaft, warum mir all diese Dinge passieren mussten, wie ich in solche Schwierigkeiten geraten konnte ... Ich weiß nur, dass ich losgefahren bin, um meinen Sohn zu suchen ...«

»So etwas kommt vor, Delia.«

»Aber früher ist so etwas bei mir nie vorgekommen ...«

»Das stimmt.«

»Und jetzt ... Ich bin wer weiß wo, allein, mittellos ...« Sie schluchzte ein wenig, ließ den Kopf hängen.

»Ich bin da. Ich werde dafür sorgen, dass dir nichts Schlimmes passiert.«

»Aber Sie sind der Wind! Verzeihen Sie, ich weiß nicht, was ich rede. Es ist nur, ich liebe meinen Sohn, mein Zuhause ...!«

»Du brauchst mir nichts weiter zu sagen, Delia. Ich kann dir bringen, was du willst. Dein Haus, hast du gesagt?«

»Nein!«, schrie Delia, die schon ihr Haus durch die Lüfte fliegen und in dieser Öde vor ihren Füßen als einen Haufen Schutt landen sah. »Nein ... Lassen Sie mich überlegen. Können Sie mir wirklich alles bringen, worum ich bitte?«

»Darum bin ich der Wind.«

Gern hätte sie von ihm das Gegenteil verlangt: dass er sie zu ihrem Haus brächte. Aber abgesehen von ihrer Flugangst musste sie daran denken, dass es nicht das war, was Wirbelwind ihr angeboten hatte. Ein Verdacht keimte in ihr auf. Die Frage, die damit zusammenhing, lautete: Warum ich? Sie wagte jedoch nicht, sie zu stellen. Was sie bis jetzt gehört hatte, glich einer Liebeserklärung, und sie wusste nicht, welche Absichten dieses rätselhafte Wesen noch verfolgte. Sie zog es vor, das Gespräch in weniger kompromittierende Bahnen zu lenken.

»Ein Wind zu sein ist sicher interessant, oder?«

»Ich bin nicht irgendein Wind. Ich bin der schnellste und stärkste. Du hast ja gesehen, was ich mit diesem Lastwagen gemacht habe.«

»Das war sehr beeindruckend. Dieser Mann fing an, mir Angst zu machen. Wussten Sie, dass er drüben in Pringles mein Nachbar ist?«

Stille.

»Natürlich weiß ich das.«

»Was ich nicht verstehe, ist, wieso die Balero da drin sein konnte.«

»Das wirst du noch verstehen.«

»Ich hoffe, er kommt nicht auf die Idee, mich zu verfolgen.«

»Er wird dich verfolgen, Delia, er wird in Zukunft nichts anderes mehr tun.«

»Wirklich?«

»Aber mach dir keine Sorgen, dafür bin ich ja da.«

»Entschuldigen Sie, aber ich glaube nicht, dass ein Wind, egal wie stark er sein mag, einen Lastwagen aufhalten kann.«

Der Wind schnaubte verächtlich.

»Mich kann niemand besiegen! Niemand! Sieh mal, wie ich renne!« Er raste bis zum Horizont und wieder zurück.

»Und jetzt sieh diese Vollbremsung!« Er stand wie auf Anhieb still. »Und jetzt diesen Salto!« Er machte eine sagenhafte Pirouette. »Rauf! Runter!«

Die Nacht war durchsichtig wie ein dunkelblauer Tag. Der Mond sah ungerührt zu. Delia glaubte zu sehen, war sich aber nicht sicher. Wäre sie nicht so beeindruckt gewesen, hätte sie diese Flugschau etwas kindisch gefunden.

Wirbelwind kehrte zu ihr zurück, und nun war sie sich doch sicher, dass sie ihn sah, unsichtbar, stark und schön wie ein Gott.

»Also was willst du?«

Sie wusste noch immer nicht, was sie verlangen sollte.

»Ginge auch ... etwas zu essen?«

»Aber ja!«

Er verschwand und war in einer Minute zurück, brachte einen Tisch, einen Stuhl, eine Tischdecke, Teller, Besteck, Serviette, Salzstreuer, ein paniertes Schnitzel mit Pommes frites, ein Glas Wein und eine Birne mit Sahne. Alles kam einzeln geflogen, die Pommes frites wie ein Schwarm goldener Heuschrecken, die geschlagene Sahne wie ein Wölkchen ... Aber alles sortierte sich fein säuberlich auf dem Tisch, und der Stuhl wurde mit vollendeter Höflichkeit abgerückt, damit sie Platz nehmen konnte ... Nicht einmal die Serviette musste sie entfalten und sich auf den Schoß legen, weil Wirbelwind es für sie tat.

»Fehlen nur die Kerzen, aber ich könnte keine anzünden«, sagte er. Das geht gegen meine Natur. Dafür wird der Mond, den ich extra auf Hochglanz poliert habe, dir als Lampe dienen.«

»Vielen Dank.«

Er pfiff in einiger Entfernung herum, bis sie mit essen fertig war. Dann rückte er den Stuhl ab, Delia erhob sich, und er trug alles wieder fort.

»Wem ich das wohl alles weggenommen habe«, dachte die Schneiderin. »Wenn ich mir vorstelle, dass ich essen musste, was ein diebischer Wind mir aufgetischt hat!«

»Jetzt wirst du schlafen wollen.«

Sogleich kamen vom Horizont her ein Bett, eine Matratze, Laken, eine Guanakodecke, ein Kopfkissen geflogen. Es machte sich vor ihren Augen in Sekundenschnelle, ohne die kleinste Falte.

»Süße Träume.«

»Danke ...«

Seine Stimme war einschmeichelnd geworden, und auch er selbst begann sie zu umschmeicheln, spielte mit ihrem Haar, ihrem Kleid, strich um ihre Beine mit samtweichem Hauch ...

»Bis morgen, Delia.«

»Bis morgen, Wirbelwind.«

Es entstand eine Art Strudel der Leere, und der Wind erklomm den bestirnten Himmel. Delia stand einen Moment unentschlossen neben dem Bett. Der Wein hatte sie todmüde gemacht. Die weißen Leinenlaken luden zum Schlafen ein. Sie sah sich um. Es wirkte etwas fehl am Platz, das Bett inmitten des Tafellands. Zudem trug sie ein unsäglich ölverschmiertes Kleid. Sie zögerte einen Augenblick, dann sagte sie zu sich, indem sie sich um die Wahrheit betrog: »Mich sieht ja keiner.« Sie zog sich nackt aus, und ihr Körper schimmerte im Mondschein, als sie unter die Laken schlüpfte. Die Nacht seufzte.

Als sie am nächsten Morgen erwachte, glaubte sie, sie sei in ihrem Haus, wie es Reisenden zu geschehen pflegt ... Nur dass es bei ihr kein vorübergehender, flüchtiger Zustand war, kein Augenblick der Realitätsverkennung ... vielmehr richtete sich die Entfremdung in ihrem Bewusstsein ein wie eine Welt und blieb dort. Unter normalen Umständen befände sie sich in ihrem Bett, ihr Bett in ihrem Schlafzimmer, ihr Schlafzimmer in ihrem Haus und ihr Haus in Pringles. Heute schien es, als sei diese Kette ineinander verschränkter Glieder zerbrochen. Der Himmel war sehr blau, die Sonne ein weißer Punkt in himmelweiter Ferne. Sie drehte sich nach rechts, und Ramón war nicht an ihrer Seite, und weiter hinten stand nicht Omars Bettchen mit dem schlafenden Jungen. Links von ihr stand nicht die Kommode mit dem Spiegel darauf ...

weshalb sich darin nicht das Fenster über Omars Bett spiegeln konnte ... Mit einem Wort, sie war nicht in ihrem Haus. Sie war nirgendwo. Ein unermesslicher Raum umgab sie von allen Seiten. Das Einzige, was an seinem Platz zu sein schien, war die Uhrzeit, und nicht einmal der späte Tagesanbruch sah nach einer Uhrzeit aus: eher müsste man von einem Ewigkeitszeitraum sprechen. Es sah nicht nach der Zeit zum Aufstehen aus ... Sie reckte sich.

Tage des Müßiggangs in Patagonien ...

Als sie sich ihr Kleid anzog, konnte sie jetzt bei Licht das ganze ölverschmierte Elend sehen. Eine dicke Staubschicht bedeckte ihre Schuhe, sie hätte mit dem Finger darin schreiben können. Der in anderen Dingen so beflissene Wind hatte sich nicht um ihren Aufzug gekümmert, wahrscheinlich weil sie ihn nicht darum gebeten hatte. Er war wohl, dachte sie, wie jene Angestellten, die bienenfleißig und gründlich sind, aber keine eigene Initiative besitzen, denen man alles sagen musste.

»Guten Tag, Delia.«

»Ah, äh ... Guten Tag.«

»Hast du gut geschlafen?«

»Ausgezeichnet. Ich möchte ...«

»Moment, ich muss das wegbringen.«

Das Bett mit allem Drum und Dran flog in Windeseile davon und verlor sich hinterm Horizont. »Welche Eile«, dachte Delia. Augenblicklich war der Wind wieder da.

»Delia, ich muss dir etwas sagen, das ich lieber verschwiegen hätte, aber es ist besser, du weißt Bescheid, für alle Fälle.«

»Worum geht es? Machen Sie mir keine Angst ...« Delia dachte nach alter Gewohnheit gleich an irgendwelche Katastrophen.

»Letzte Nacht«, begann Wirbelwind, »habe ich, nachdem du eingeschlafen bist, eine Runde gedreht, und dabei ist mir ein Licht aufgefallen, das wollte ich mir näher anschauen. In jener Gegend steht auf einer Anhöhe ein Hotel, und im ersten Moment habe ich gedacht, es sei in Brand geraten, so hell hat es gestrahlt. Aber es brannte kein Feuer. Ich ging tiefer und schaute durch die Fenster. Man feierte auch kein Fest. Es war ein Licht von der radioaktiven Sorte, das pulsierte, und es pulsierte so, dass das ganze Hotel erzitterte ... Ein rotes Licht, furchtbar, und die Temperatur war auf mehrere Millionen Grad gestiegen ... Da ich nicht die Absicht hatte, mich in einen atomaren Wind zu verwandeln, ging ich auf Distanz und schaute zu. Die Sache wurde immer bedrohlicher. Sogar ich begann mich zu fürchten. Und das, wo ich die Fluchtkompetenz in Person bin. Aber ich weiß auch von Schrecken, die auf Entfernung wirken und vor denen es kein Entrinnen gibt. Dann fiel auf einmal das ganze Hotel in sich zusammen, schmolz dahin wie eine Schneeflocke in der Sonne ... Und es erschien, frei, rotglühend und fürchterlich, das Monster ... das Kind, das nicht hätte geboren werden dürfen ...«

Seine ohnehin dunkle Stimme hatte einen grabestiefen, sehr pessimistischen Klang bekommen. Seine letzten Worte jagten Delia einen Schauer über den Rücken.

»Welches Kind ...? Welches Monster ...?«

»Es gibt eine Legende, wonach in einem Thermalhotel dieser Gegend eines Tages ein mit der ganzen Macht der Verwandlung ausgestattetes Kind geboren wird, ein Wesen, das die Kapsel sämtlicher Winde der Welt sein wird, die Gussform des Windes, darum bis zum Entsetzen hässlich ... zumindest für mich und für dich, denn was bei mir außen ist, ist bei ihm innen und treibt sämtliche Deformationen hervor.«

»Und was ist passiert?«

»Nichts. Ich bin davongerannt, und hier bin ich. Das Schlimme daran: Das Monster ist jetzt los, und es sucht nach dir.«

»Nach mir?! Warum nach mir?«

»Weil die Legende es so will«, erwiderte kryptisch der Wind. »Und weil die Legende ganz offensichtlich Wirklichkeit geworden ist.«

»Aber woraus konnte dieses Monster bloß hervorgehen?«

»Die Evolution folgt keinem vorgeschriebenen Weg.«

»Und der Lastwagenfahrer sucht auch nach mir, oder?«

»Um den Lastwagenfahrer kümmere ich mich, der stellt kein Problem dar.«

»Und das Monster?«

Stille.

»Das ist schon ein anderes Kaliber«, sagte Wirbelwind.

Delia senkte niedergeschlagen den Kopf.

»Um von anderen Dingen zu reden«, sagte der Wind: »Letzte Nacht habe ich noch etwas gesehen, das ich ganz bezaubernd fand: ein großes Brautkleid, das sich in zehntausend Meter Höhe zusammen- und auseinanderfaltete und in Richtung Süden segelte.«

»Ein Brautkleid? Aus Nylontaft, mit Valencianas, atlasnen ...«

»Ja doch, Frau! Was weiß ich von Klamotten! Warum fragst du?«

»Weil es meins ist. Ich habe es gestern verloren, oder vorgestern ...«

»Wieso deins? Bist du nicht verheiratet? Sagtest du nicht, du hast einen Sohn?«

»Nein. Ich meine: Ich habe es genäht, für ein Mädchen, das ausgerechnet ...«

»Du willst mir doch nicht sagen, dass du Schneiderin bist?!«

»Doch.«

Der Wind fiel fast hintenüber. Es dauerte, bis er seine Fassung wiedergewann.

»Dann bist du die Schneiderin, die Frau von Ramón Siffoni?«

»Ja. Ich dachte, das wüsstest du.«

»Jetzt fange ich an zu verstehen. Langsam fügt sich alles zusammen. Die Schneiderin ... und der Wind.«

»Wir beide.«

»Wir beide.«

Der Wind war verliebt. Er war verliebt seit Ewigkeiten, zumindest seit seiner Windesewigkeit. Und jetzt, wo sich die Geschichte vor ihm zu entfalten begann, fand er sie zu real, zu schrill, zu unvorhersehbar paradox …

»Hören Sie …«, unterbrach Delia seine Meditation.

»Ja?«

»Sie haben gesagt, Sie könnten mir bringen, was ich will.«

»…«

»Würden Sie mir das Kleid bringen?«

»Was willst du denn damit?«

Ja, was wollte sie eigentlich damit? Es sah nicht so aus, als würde die Balero, jetzt ganz schwarz und in der Gewalt des wilden Lastwagenfahrers, es noch brauchen. Aber man konnte nie wissen: Jedenfalls konnte sie die Anfertigung in Rechnung stellen und es an die Mutter ausliefern; es war ja praktisch fertig. Außerdem schien es vernünftig, darum zu bitten, schließlich war es ihre Arbeit.

»Den Stoff hat die Kundin besorgt«, sagte sie, »und sie wird ihn zurückhaben wollen.«

»In Ordnung, aber gib mir Zeit. Wer weiß, wo es derzeit herumtreibt.«

»Noch eine Kleinigkeit, wenn es keine Umstände macht. Ich hatte ein Nähkästchen dabei und habe es verloren, sicher

sind die Sachen weit verstreut ... Sie könnten sie nicht vielleicht einsammeln und mir bringen?«

»Keine Sorge. Ich bin gut darin, Nähnadeln in Patagonien zu finden.«

»Ich weiß nur nicht, was ich unterdessen tun soll.«

»Ich langweile mich nie«, sagte der Wind.

»Ich auch nicht, wenn ich zu Hause bin. Aber hier ...« Sie
fing wieder an zu schluchzen.

»Ich hab dir schon gesagt, ich kann dir dein Haus bringen,
mit allem, was darin ist.«

»Nein, nein ... Ich will es nicht!«

Sie konnte sich nichts Deprimierenderes vorstellen, als
ihr Haus hier mitten in der Einöde zu haben; für sie war das
Haus auch die Straße, die Nachbarn, das Viertel. Ihr das Haus
allein anzubieten war so, als wollte man sie mit einer unvor-
stellbaren, weil nur einseitigen Münze bezahlen.

»Wir hätten es sehr gemütlich, Delia, du hier im Haus
würdest putzen, Essen kochen, nähen. Ich dir Gesellschaft
leisten, dir alles bringen, was du willst ... wir lebten glücklich
und in Sicherheit ...«

Delia geriet in Panik. Wirbelwinds Absichten traten klar
zutage und erfüllten sie mit Entsetzen. Konnte es sein, dass
sich eine meteorologische Erscheinung in sie verliebt haben
sollte? Außerdem widersprach sich das: Wie könnten sie in
Sicherheit sein, wenn es da einen verrückten Lastwagenfahrer

und obendrein ein Monster gab, die nach ihr suchten, um sie zu vernichten? Das waren keine sehr beruhigenden Aussichten. Und dann waren da noch ihr Mann und ihr Sohn. Darüber hätte sie mit dem Wind lieber nicht sprechen wollen, aber er selbst schnitt das Thema an:

»Möchtest du, dass dein Mann dich abholen kommt?«

»…«

»Er wird es nicht können, Delia. Er hat es versucht, aber seine Sucht ist ihm in die Quere gekommen (du weißt, wovon ich spreche), und er hat seinen Laster verloren.«

»Wirklich?«

»Und er wird ihn nicht wiederkriegen können. Der rote Lastwagen, den du so gut kennst, ist unsichtbar geworden, und niemand wird je wieder damit fahren. Ramón Siffoni ist für alle Zeit Fußgänger.«

»Ich werde nie nach Pringles zurückkehren!«, dachte Delia verzweifelt. Sie hasste den Wind für seinen Sadismus.

»Ich muss dich etwas fragen, Delia. Liebst du deinen Mann? Hast du ihn aus Liebe geheiratet?«

»Warum hätte ich ihn sonst heiraten sollen?«

»Um nicht als alte Jungfer zu enden.«

Sie würdigte ihn keiner Antwort. Vielleicht hätte sie auch keine zustande gebracht, denn die Kehle schnürte sich ihr zusammen.

»Liebst du ihn?«

»Ja.«

»Aber du hast es ihm nie gesagt.«

»Das braucht man in der Ehe nicht.«

»Wie wenig romantisch du bist!« Kurze Pause. »Willst du es ihm sagen?«

Eine plötzliche Gefühlsaufwallung ließ Delia alle Vorsicht vergessen:

»Ach wäre er doch hier, damit ich es ihm sagen könnte!«

»Er braucht dafür nicht hier zu sein. Ich könnte ihm deine Worte zutragen, bis ans Ende der Welt, wenn es sein muss.« Wieder eine Pause. Der Wind wartete. »Sag es ihm. Trau dich und sag es ihm.«

Delia hob den Kopf und betrachtete den Horizont am Rande des Tafellands. Alles wirkte ganz klein, dabei wusste sie, dass alles sehr groß war. Könnte ihre Stimme darüber hinausreichen? Ihre Stimme war im Herzen ihres Mannes ... Wie groß doch die Welt war! Und sie so weit weg! Wo war sie bloß gelandet! Sie würde nie nach Pringles zurückkehren! Niemals!

»Ramón ...«, sagte sie, und der Wind brüllte und verschwand.

Ich sitze in einem Café an der Place de Clichy ... Inzwischen allerdings gegen meinen Willen. Ich hätte schon vor einer Weile gehen müssen, ich habe eine Verabredung ... Aber ich bringe es nicht fertig, den Kellner zu rufen, ich kann einfach nicht, es ist stärker als ich, und die Minuten verrinnen ... Mehrmals habe ich auf die Rechnung geschaut und die Münzen in meiner Hosentasche gezählt, von vorn nach hinten und von hinten nach vorn, aber es reicht gerade nicht, es sind sechs Francs neunzig, und der Kaffee kostet sieben, es riecht nach Absicht ... Darum muss erst der Kellner kommen, er muss mir auf fünfzig Francs rausgeben, kleiner habe ich es nicht ... Wenn ich mit den Münzen hinkäme, würde ich sie auf dem Tisch liegenlassen, frei wie ein Vogel, würde meine metallenen Eierchen legen und davonfliegen. Meine Ungeduld ist so groß, dass, wenn ich einen Zehn-Franc-Schein hätte, ich ihn daließe ... Habe ich aber nicht. Ich kann nicht anders, als darauf warten, dass er zu mir hinschaut, damit ich ihm ein Zeichen geben, ihn herbeiwinken kann ... und es ist hier wie überall auf der Welt: Die Kellner gucken nie. Ich folge ihm mit den Augen, und jedes Mal, wenn er sich umdreht, setze ich zu meiner Geste an ... alle Gäste müssen das schon bemerkt haben, und natürlich auch die anderen Kellner, alle außer ihm. Vielleicht jetzt ... Er kommt in meine Richtung ... Nein, wieder nichts, ich muss ziemlich flehentlich dreinschauen, sitze wie festgenagelt auf meinem Stuhl ... Ich ruckle, lasse die Stuhlbeine über den Boden scharren, damit ihm einfällt, zu mir herüberzuschauen ... Ich weiß, dass es nutzlos wäre, ihm hinterherzulaufen, außerdem grotesk, er würde entwischen … in dem Fall würde ich mich in den Unsichtbaren verwandeln, in das Phantom von der Place de Clichy. Mir bleibt nichts anderes übrig, als auf die nächste Gelegenheit zu warten, darauf, dass er wieder hierher kommt, am Nachbartisch bedient und mich sieht … Ich will gehen, muss gehen, das ist das Schlimme … Zwei Stunden habe ich an dem Tisch gesessen und geschrieben (er muss denken, wenn einer zwei Stunden hier sitzt, kann er genauso gut drei oder fünf oder bis Feierabend sitzen bleiben), und in der Euphorie der Inspiration, die ich jetzt verfluche, habe ich weiter und weiter geschrieben, bis das vorige Kapitel fertig war … und als ich auf die Uhr sah, wäre ich am liebsten gestorben … Ich müsste schon bei jenem Abendessen sein, man wartet auf mich, und ich sitze da wie angewurzelt … Ich brauche mindestens zwanzig Minuten mit der Métro, und die Minuten verstreichen, und noch immer suche ich den Blick des Kellners … Mir ist schleierhaft, wie ich das hier schreiben kann, wo ich ihn doch nicht aus den Augen lasse … Ich mache jedes Mal Löcher ins Papier, wenn ich Auslassungspunkte setze. Allmählich kommt es mir endgültig vor: er wird nie zu mir hinsehen, nie. Versuche ich das jetzt seit zehn Minuten? Seit fünfzehn? Ich mag schon nicht mehr auf die Uhr sehen. Wie besessen verfolgen ihn meine Blicke … Das Gesetz der Wahrscheinlichkeit sollte für mich sprechen, irgendwann müsste er zu mir hinsehen, schließlich kann er nicht anders, als irgendwohin zu schauen ... Wenn ich daran denke, wie leicht es gewesen wäre, ihn zu kommen zu lassen, als ich sah, wie spät es ist: Ich hätte nur laut nach ihm rufen brauchen. So viele Leute tun das ... Aber ich kann nicht. In meinem Leben habe ich keinen Kellner gerufen, außer auf dem stummen Dienstweg (und ich habe alle meine Romane in Cafés geschrieben), ich habe es nie getan und werde es nie tun ... niemals ... Und daraufhin erhob sich in mir eine erbitterte Klage gegen meinen Schöpfer, natürlich stumm, innerlich, aber ich formulierte und hörte sie in vollkommener Klarheit:

»Herr, wozu hast du mir die Stimme gegeben, wenn sie mir zu nichts nütze ist? Hättest du mir nicht auch die Fähigkeit verleihen müssen, mich ihrer zu bedienen? Was hätte es dich gekostet? Grenzt es nicht an Sarkasmus, Sadismus fast, mich wie alle Menschen zum Herrn über dieses wunderbare Instrument zu machen, das wie ein Bote des unbeweglichen Körpers durch die Lüfte eilt und das der Körper ist in anderer Gestalt, der Flug-Körper ... und es dann in mir zu versiegeln und mit einem Bann zu belegen? Es ist, als trüge ich in mir einen Leichnam, zumindest einen Invaliden, einen Gast, der nicht gehen will ... Ich vermute, dass ich als Neugeborenes wie andere schreien, nach meiner Mutter rufen konnte ... aber später auch noch? Die Stimme ist mir in der Kehle verkümmert, und wenn ich spreche, was ich, wie die Geister, nur tue, wenn man mich anspricht, kommt nur ein näselndes, manieriertes Gestammel dabei heraus, kaum geeignet, auf kurze Distanz meine Zweifel und Unkenntnis zu übermitteln. Hättest du mich bloß mit Stummheit geschlagen, ich wäre ruhiger! Dann könnte ich schreien, und ich würde die ganze Zeit schreien, und der Himmel füllte sich mit meinem stummen Geheul! Du wirst sagen, ich habe es mit der Lektüre von Leibniz zu weit getrieben, Herr, aber findest du nicht, du solltest unter den gegebenen Umständen den Kopf des Kellners wenden, auf dass er mich sähe?

Delia, meine Wirklichkeit ... Jetzt an dich gewandt in meinem Schweigen: Gleicht deine Geschichte nicht der meinen? Es ist dieselbe, stimmt in jeder ihrer schillernden Wendungen mit ihr überein ... Was bei mir ein winziger Zwischenfall, wird bei dir Schicksal, Abenteuer ... und das ist keine Analogie, sondern eine neue Anordnung desselben. Nicht das Stimmvolumen zählt, sondern der Ort der Geschichte, in der gesprochen wird; die Geschichte hat Ecken und Winkel, Nähen und Fernen ... Ein Wort zu rechter Zeit wirkt Wunder ... Vor allem zählt (aber das ist dasselbe), was gesagt wird, der Sinn; in der Anordnung der Geschichte gibt es eine Eselsbrücke, ein Kontinuum, von der Stimme zum Sinn, vom Körper zur Seele, und auf diesem Kontinuum schreitet die Geschichte voran, über diese Brücke ...

Ich war just beim Freisetzen der Stimme stehengeblieben ... Der Wind verschwand mit den geschulterten

Liebesworten und durchquerte gewaltige Entfernungen in alle Richtungen. Er drehte und wendete sich, um sie abzuschütteln, erreichte damit aber nur, sie zu verdrehen, sie umzumünzen, in Patagoniens Zwischenräume einzufädeln. Auch der Wind hatte noch viel zu lernen. In seinem Leben gab es nur eine einzige Einschränkung der totalen Freiheit: die Corioliskraft, die nichts anderes ist als die auf seine Masse angewandte Gravitationskraft. Sie ist, was alle Winde an den Planeten bindet. Das Eigentümliche der Stimme wiederum besteht darin, bei ihrer Freisetzung das Gewicht des Körpers, den sie verlassen hat, mit sich zu führen; da dieses Gewicht die Wirklichkeit des Erotischen ist, glauben die Liebenden, sie umarmen zu können, glauben, mit ihnen ein Kontinuum der Liebe erzeugen zu können, das ewig währt.

Das Kontinuum, mit anderem Namen: das Bekenntnis. Wenn ich Bekenntnisliteratur schriebe, würde ich mich der Suche nach dem Unsagbaren verschreiben. Ich weiß aber nicht, ob ich es finden würde; ich weiß nicht, ob es in meinem Leben vorkommt. Wie die Liebe ist das Unsagbare das, was sich an einer Stelle einer Geschichte befindet. Auf seine Weise ist es wie Gott. Gott kann man an zwei unterschiedliche Stellen des Diskurses setzen: ans Ende, wie es Leibniz tut, wenn er sagt, »und das ist, was wir Gott nennen«, wenn man also im Anschluss an die Herleitung der Welt zu ihm gelangt; oder an den Anfang: »Gott schuf …« Das sind keine verschiedenen Theologien, sondern ein und dieselbe in umgekehrter Entfaltung. Die Diskursform, die Gott an den Anfang stellt, ist Modell und Mutter dessen, was wir »Fiktion« nennen. Ich darf nicht vergessen, dass ich mir vor meiner Reise vorgenommen hatte, einen Roman zu schreiben. »Der Wind sprach ...« ist so absurd nicht; es ist eine Methode wie jede andere. Es ist ein Anfang. Aber es ist immer Anfang, Anfang in jedem Moment, von Anfang bis Ende.

Liebesworte ... Reiseworte, Worte, die sich für alle Zeit auf die Waage eines menschlichen Herzens legen. In der Vorgeschichte von Delia und Ramón gibt es ein kleines, geheimes Rätsel (aber das Leben ist voll von jenen Rätseln, die nie eine Auflösung erfahren). Sie hatten die Ehe eine ganze Weile nach ihrer Heirat vollzogen, was anscheinend seinem Willen oder fehlenden Willen entsprang, obwohl das nie geklärt wurde. Will sagen, es gab einen weißen Fleck zwischen der Eheschließung und ihrem Vollzug. Hätte außer den beiden jemand davon gewusst, es wäre vergebene Mühe gewesen, Delia nach dem Warum zu fragen, so wie es vergebene Mühe gewesen wäre, wenn Delia selbst sich das gefragt hätte, denn sie hätte darauf nichts zu antworten gewusst. Darum ging es mir im Großen und Ganzen, als ich vom Vergessen, der Erinnerung etc. sprach: um jene Dinge, die aussehen wie ein Geheimnis, das jemand hütet, das aber gar niemand hütet.

Ähnlich verhielt es sich mit der üblen Nachrede der Nachbarinnen, jenem leidenschaftlichen Zeitvertreib, das Delias Spezialgebiet war. Wenn ich mich in Delias Bewusstsein versetzte, wie es ein allwissender Autor hätte tun können, würde ich mit Verwunderung und vielleicht einer gewissen Ernüchterung feststellen, dass es üble Nachrede im tiefsten Innern nicht gab. Aber sie selbst war es, die sich wunderte! Und sie entdeckte ihre Verwunderung, als sie ihre eigene allwissende Erzählerin war ...

Ramón irrte derweil ... oder vielmehr tags zuvor, vergessen wir nicht, dass Delia einen Tag verloren hatte ... über das ultraflache Tafelland, orientierungslos und schlecht gelaunt. Und nicht von ungefähr. Er war zu Fuß, in endloser Einöde ... Für einen Pringlenser von damals galt die Fußgängerei als Strafe; der Ort war nur handtuchgroß, aber aus irgendeinem Grund, vielleicht gerade wegen seiner geringen Größe, führte es zu nichts, zu Fuß zu gehen. Alle Welt war motorisiert, die Armen mit uralten Rostschüsseln, die sich nur wie durch ein Wunder fortbewegten, und trotzdem schafften sie es irgendwie, mit ihnen die ganze Zeit dahin und dorthin zu fahren, andernfalls kamen sie eben weder dahin noch dorthin. Meine Großmutter sagte: »Sogar aufs Klo fahren sie mit dem Auto.« Indem sie sich auf diese Weise, die ihnen

angenehm mechanisch vorkam, fortbewegten, bildeten sie
sich ein, sie würden Zeit und Raum besiegen. Als Spieler
brachte es Ramón in diesem subjektiven System weiter als
andere. Bei ihm bedeutete es mehr, war es aufregender; jeder
Ortswechsel hatte seine besondere Bedeutung. Natürlich war
er nicht der Einzige, der auf solchen Illusionen dahinglitt;
er war nicht der einzige zwanghafte Spieler in Pringles, bei
weitem nicht; dieser Menschenschlag bildete hier eine ganze
Konstellation, eine Hierarchie von Gleichen. Der Spott der
Straße kannte sie als diejenigen, die auch dann weiterspielten, wenn sie sich im Morgengrauen von den grün bespann-
ten Tischen erhoben; die Sonne ging auf, damit sie ohne es
zu wissen weiterspielten; und tatsächlich blieben sie ihrer
Veranlagung treu, egal wohin sie in ihren Autos oder Liefer-
wagen fuhren, auch über die Dorfgrenzen hinaus, auf dem
Land, das sie umgab. Das Spiel selbst war eine Veranlagung,
ein Konzert von Werten, die sich ihre Geheimnisse auf Distanz zuflüsterten, jedes an seinem Punkt im schwarzen Himmel der Spielhöllennacht; weshalb sie nicht anders konnten,
als ihre Veranlagung überallhin mitzunehmen. In Höchstgeschwindigkeit herumzurasen, in einer annähernden, geradezu exaltierten Gleichzeitigkeit von Zahlen und Figuren,
war bei ihnen eine Lebensform.

Der Kampf zwischen Ramón Siffoni und Chiquito hatte
mit der Zeit Dimensionen angenommen, so wie Dinge in

Dörfern Dimensionen anzunehmen pflegen. Er hatte irgendwann begonnen und sich fast augenblicklich zu einem jener Partikularuniversen ausgewachsen ... Nicht ohne eine gewisse Naivität hatte Ramón geglaubt, er könne den Kampf auf einem stabilen Niveau halten, bis er sich entschlossen hätte ... Wozu? Das lässt sich nicht sagen. Bis er sich entschlossen hätte, der Illusion ins Auge zu schauen, die doch per Definition das ist, wovon man immer nur den Rücken sieht.

Und jetzt, da er ohne Fahrzeug unterwegs war, wo es weder Wege gab noch Mittel, sie zu finden, fand er, dass der Moment gekommen sei. Alle Momente kommen, so auch dieser. Der Chiquito hatte alles an sich gerissen ... Was alles? Seine Frau? Niemals würde er beim Kartenspiel seine Frau setzen, er war kein Monster und hatte andere Dinge, die vorher zum Einsatz kommen konnten, viele, fast unendlich viele ... Aber es gab einen Moment, den, der gerade gekommen war ... in dem Ramón merkte, dass der Einsatz ohne sein Wissen erfolgt sein könnte; das war ihm schon öfter passiert. Er hatte sich selbst prophezeit, dass so etwas passieren würde ... und jetzt wusste er nicht, ob es passiert war oder nicht.

Er ging den ganzen Morgen, immer aufs Geratewohl, versuchte nur, eine gerade Linie einzuhalten, um mehr Strecke zu machen und um vor allem nicht wieder bei dem Hotel zu landen, aus dem er geflohen war. Und obwohl es in der Einöde nichts gibt, fand er einige erstaunliche Dinge. Zunächst das herumliegende, übel zugerichtete Wrack eines schwarzen Chryslers. Er besah es sich von allen Seiten. Im Innern gab es keine Toten, und es hatte nicht den Anschein, als sei bei dem Unfall jemand gestorben: zumindest sah man kein Blut, und der Bereich der Vordersitze wirkte mehr oder weniger unversehrt, abgekapselt. Es war ein Taxi: es hatte das Taxameter mit dem Fähnchen. Und es war in Pringles zugelassen. Überhaupt glich es auf übernatürliche Weise dem Chrysler seines Freundes Zaralegui, des Taxifahrers. Ramón war ein ganz passabler Mechaniker, eine seiner vielen, dem Müßiggang geschuldeten Fähigkeiten; aber diesen Haufen Schrott wieder zum Laufen zu bringen schien undenkbar, denn die Karosserie war so gestaucht, dass es kein Vorn und Hinten mehr gab. Seiner Schätzung nach musste der Zusammenstoß bei beträchtlicher Geschwindigkeit erfolgt sein, anders ließe sich diese Zerknautschung nicht erklären. Dass ein so betagtes Gefährt eine solche Geschwindigkeit erreichen konnte, war dem Motor zu verdanken, einem von der alten, perfekten, unverwüstlichen Sorte, der folglich fast unversehrt geblieben war; wenn jemand das Wrack bergen wollte, wäre es just der Motor, der noch zu etwas taugte.

Er notierte sich im Geist die Koordinaten; er wusste nicht warum (es würde ihm nicht einmal Schutz vor Regen bieten, da das Verdeck unter die geplatzten Reifen geraten war), aber es war doch immerhin etwas, eine Entdeckung, ein Gegenstand, zu dem er zurückkehren konnte. Er ging weiter.

Der zweite Fund lag halb vergraben. Er sah aus wie ein stark gewölbter Kleiderschrank, aber bei näherer Untersuchung erkannte er, dass es sich um den gewaltigen Panzer eines Riesengürteltiers aus dem Paläozoikum handelte. Lediglich ein Bruchteil schaute heraus, aber er stellte fest, dass die Erde, die ihn einschloss, in höchstem Maße porös war, wie kristallisiert, und beim leisesten Windhauch zerbröckelte und zerstob. Aus purer Neugier begann er mit einer herumliegenden Rippe zu graben, bis er den ganzen Panzer freigelegt hatte; er war acht Meter lang, fünf breit und in der Mitte drei Meter hoch. Zu Lebzeiten dürfte dieses Gürteltier die Größe eines Jungwals gehabt haben. Der Panzer war perfekt erhalten, hatte nirgends Löcher, und es sah aus, als bestünde er aus braunem Perlmutt, war bis in den letzten Winkel mit islamischen Verzierungen, Knoten, Wülsten überzogen ... Klopfte man dagegen, gab es ein dumpfes, hölzernes Geräusch. Nicht nur der obere konvexe Teil war unversehrt, auch der aus einer dicken, weißen Membran bestehende plane untere Teil. Als er das gewaltige Gebilde zu einer Seite der Ausgrabung herausstemmte, merkte Ramón, wie leicht es war. Er stieg hinein. Das mochte dann schon als Unterschlupf dienen; groß und geräumig war es. Er konnte darin stehen und herumgehen ... fände er Stühle und Couchtisch, würde es ein gemütliches Wohnzimmerchen abgeben. Er säuberte den Panzer, zog Knochenreste aus den Öffnungen (es gab sechs: eine vorn, eine hinten, für Kopf und Schwanz, und vier unten für die Beine) und stand dann staunend vor diesem Wunder des Altertums. Das Perlmutt des Panzers war nicht völlig opak und ließ ein warmes, goldenes Licht passieren. Er erinnerte sich, dass diese Spezies auch einen gepanzerten Schwanz besaß, und wunderte sich, dass nichts in der hinteren Öffnung hing. Vielleicht hatte es sich gelöst ... Er stieg hinaus und suchte. Er musste weiter graben, aber er fand es: Es war eine Art Horn aus demselben Material, eine langgezogene, bananenkrumme Eiswaffel von sechs, sieben Metern, die in einer sehr feinen Spitze endete. Das Schwanzstück war ebenfalls hohl, und weil es so leicht war, konnte er es, Spitze nach oben, aufrichten und von Erde und Steinen befreien.

Stundenlang hatte er gearbeitet und war schweißbedeckt. Jetzt stieg er wieder hinein und streckte sich auf der Membran aus wie auf einem weißen Urzeitteppich, um auszuruhen und nachzudenken. Ihm war eine Idee gekommen, die verrückt schien, es aber vielleicht nicht war. Was, wenn er dieses Fossil als Karosserie benutzte ... und ihm den Chrysler-Motor und die Räder einbaute ... Er versank in mechanische Träumereien. Aber wie den Motor und die übrigen Autoteile, die er benötigte, hierher holen? Er müsste sie ja nicht hierher holen, er könnte auch den Panzer dorthin bringen ... Er machte einen Versuch. Tatsächlich, er ließ sich bewegen, aber sehr langsam, mit viel Mühe, und für die zwei oder drei Kilometer, die ihn vom Auto trennten, würde er Tage brauchen. Es war ein bisschen wie im Spiel: Manchmal hat man alles, was für eine Gewinnhand nötig ist, aber es fügt sich nicht zusammen ... Ihm kam noch eine Idee (was so bewundernswert nicht ist: wenn man eine Idee hat, folgt ihr in der Regel eine zweite auf dem Fuß, so regelmäßig, dass ich schon manchmal gedacht habe, ob mir eine Idee nicht vielleicht nur zu dem Zweck kommt, den Einfall einer weiteren zu provozieren). Er machte sich in Richtung Chrysler auf den Weg. Er musste ihn natürlich erst wiederfinden, aber das traute er sich zu, und es gelang. Was er sich überlegt hatte, war, Räder und Achsen auszubauen und eine Art Karren zu bauen, auf dem er den Motor zum Gürteltierpanzer transportieren konnte. Aber das erwies sich als nicht so einfach. Zum Teil wegen des Fehlens von Werkzeug, auch wenn er im kaputten Handschuhfach des Taxis einen segensreichen Schraubenzieher fand. Endlich hatte er die vier Räder abmontiert (bei keinem war die Felge verzogen); die Karre zu bauen, wie er sich vorgestellt hatte, war Irrsinn. Sinnvoller schien ein umgekehrtes Vorgehen.

Er unternahm vier Touren zur Ausgrabungsstätte, jedes Mal mit einem der Räder, dann noch eine mit den Achsen, und es gelang ihm, sie mit Hilfe des dienstbaren Schraubenziehers notdürftig unter dem Gürteltier zu befestigen. Er schob an, und es ließ sich mit Leichtigkeit vorwärtsbewegen. Den Schwanz legte er hinein, er konnte ihm noch nützlich sein; vielleicht müsste er ihn wieder in die ursprüngliche Stelle einsetzen, dachte er, damit er ihn als Steuerruder verwenden konnte, in welcher Funktion er auch dem lebenden Tier gedient hatte.

Er brauchte nicht lange, um sein Vorhaben auszuführen. Zunächst schraubte er das Wrack Stück für Stück auseinander. Seine Bastelei war brillant: Vorn befestigte er mit Krampen den Motor, baute den Treibstofftank, den Ventilator etc. ein, in die vier Beinöffnungen Lager, Achsen und Räder ... Fertig. Das erzählt sich leichter, als es ist, aber in seinem Fall war es kinderleicht. Als Nächstes musste er es in Gang setzen und ausprobieren. Das tat er. Die Kiste fuhr, anfangs langsam, dann immer schneller.

Die Nacht brach herein, und er fuhr und fuhr, mit dem Horn voran ... Denn er hatte den Eiswaffelschwanz des Gürteltiers als Schnauze an sein Gefährt montiert, ihn sozusagen in die vordere Öffnung geschraubt. Es sah gut aus, fand er; er hatte ihn lediglich aus ästhetischen, nicht aus aerodynamischen Gründen angebaut. Am meisten gefiel ihm, dass dadurch der Gesamteindruck gänzlich verändert wurde: Mit dieser Art Horn an der Stirn sah es nicht mehr aus wie ein Gürteltier. Wie einfach es doch war, das Aussehen einer Sache zu verändern, dachte er; was am engsten mit ihrem Wesen verknüpft schien, für alle Zeit und Ewigkeit ... verwandelte sich durch eine so einfache Maßnahme wie das Versetzen des Schwanzes komplett. Wie viele Dinge, die verschieden wirken, dachte er, sind in Wirklichkeit identisch, wenn man nur eine Kleinigkeit vertauscht.

Beeindruckend war der Lärm, den er machte. Das Brummen des Motors hallte durchs große, hohle Oval und schwoll zu einem Donnergrollen.

Da er die letzte Nacht nicht geschlafen hatte, fiel er um vor Müdigkeit. Also parkte er irgendwo (das Wo war egal) und streckte sich auf der Membran hinter dem Sitz aus. Platz gab es mehr als genug. Er schlief sofort ein. Gegen Morgengrauen weckte ihn eine ruppige Erschütterung. Das Rund des gerade untergehenden Mondes hatte genau die Schwanzöffnung plombiert, den einzigen Ein- und Ausgang des Gefährts. Er dachte noch darüber nach, ob er nur geträumt hatte, als ihn eine zweite, diesmal länger anhaltende Erschütterung herumschaukelte. Es wackelte auch weiter, als er ganz benommen, noch halb im Schlaf, auf die Füße zu kommen versuchte.

Es wackelte so, dass Ramón dreimal hinfiel, bevor er die Rück-lehne des Sitzes zu fassen bekam. Als er sich setzte, sah er durch den im oberen Teil der vorderen Öffnung frei geblie-benen Halbmond, der über dem Lenkrad eine unverglaste Windschutzscheibe bildete. Das Tafelland lag in dämmri-ger Stille, kein Grashalm bewegte sich. Aber sein Gehäuse vibrierte noch immer, jetzt etwas weniger, und kaum hatte sich seine Aufmerksamkeit wieder gefangen, merkte er, dass das Schlagen und Kratzen von oben kam, von der Kuppel des wunderbaren, perlmuttartigen Panzers. Anscheinend war irgendein Tier hinaufgeklettert; es musste, leicht wie das Gehäuse war, gar nicht sehr groß sein, um die Erschüt-terungen zu verursachen, aber es konnte durchaus gefährlich sein. Er beschloss, das mit Hilfe des Rückspiegels herauszu-finden, den er sich vorsorglich vom Chrysler mitgenommen hatte. Er packte ihn, streckte die Hand aus dem Halbmond und richtete ihn nach hinten. Was er sah, ließ ihm das Blut in den Adern gefrieren.

Es war das Monster. Etwas so Hässliches hatte Ramón noch nie gesehen, niemand hatte je etwas so Hässliches gese-hen. Es war ein Monsterkind. Hockte oben auf dem Dach ... wie Omar immer auf Chiquitos Lastwagen gehockt hatte ... Kindern gefällt so etwas.

Das Schaurige an dem Monster war seine Form ... Bei der es sich weniger um eine Form als um ein Konglomerat von zugleich fließenden und festen Formen handelte, fließend im Raum, fest in der Zeit, und umgekehrt ... Das ließ sich nicht erklären. Das Monster hatte den Rückspiegel gesehen (denn es hatte Augen oder ein Auge oder war ein Auge), der aus der Öffnung ragte und von dem in seinem Fokus liegenden Mond angestrahlt wurde, und dehnte sich in seine Richtung aus ...

Ramón zog die Hand zurück, die zu zittern begonnen hatte, drehte den Zündschlüssel und gab Gas ... Das Vehikel schoss nach vorn, mit dem oben herumpolternden Monster.

Omar ... das Spiel ... das Monsterkind ... das verlorene Kind ... Alles polterte in seinem Kopf herum wie die Kreatur auf dem Dach seines Paläomobils ... Omar sah er in dessen unzertrennlichem Freund César Aira verdoppelt ... Er vertraute darauf, dass die Airas Omar in dieser und der vorherigen Nacht beherbergt und ihm zu essen gegeben hatten; im Grunde war das unwesentlich ... Aber wie paradox insgesamt, dass das verirrte Kind zuhause sein sollte, während die Eltern Hunderte Meilen weit weg in der Einöde herumfuhren ... Er war deswegen nicht weniger ein »verlorenes Kind«, so wie das im Märchen von den Bären: Es betrat ein leeres Haus, fragte sich mit einem Gefühl von nahender Bedrohung, wer wohl seine Bewohner wären ... die in jedem Moment hereinkommen konnten ... Unerheblich, dass es sein Haus war, dass er ein Leben lang darin gelebt hatte ...

Das war ein Detail von zweitrangiger Bedeutung für den Sinn der Geschichte …

Wir waren gesunde, normale, ziemlich hübsche Kinder, gute Schüler … Wir beteten unsere Mütter an und verehrten unsere Väter und hatten auch ein wenig Angst vor ihnen; sie waren so streng, so perfektionistisch … Ich glaube, wir waren der Inbegriff kleinbürgerlicher Normalität. Unbewusst beruhte doch alles auf Angst, so wie der Fels am Ende von *Die Reise zum Mittelpunkt der Erde*, der auf den Wogen der Lava schwamm; die Angst, könnte man sagen, die Lava, war die Biologie, das Plasma. Um im Sinne der Aufeinanderfolge zu vereinfachen, stand die Angst der Schwangeren, ein Monster zu gebären, am Anfang (es fing also schon an, bevor wir selbst angefangen hatten). Die Wirklichkeit nahm gleichgültig und aristokratisch ihren Lauf. Dann verwandelte sich die Angst … Alles dreht sich um die Verwandlung von Ängsten: das macht die Gesellschaft labil, veränderlich, die Welten verändern (sich), die verschiedenen aufeinanderfolgenden Welten, die in der Summe das Leben sind. Einer der Avatare der Angst ist: dass das Kind verloren geht, verschwindet … Manchmal überträgt sich die Angst von der Mutter auf den Vater; manchmal nicht: das Kind registriert diese Schwankungen und verwandelt sich entsprechend. Dass es die Eltern sind, die verschwinden, dass sich der Wind in die Mama verliebt, dass ein Monster sie verfolgt, dass ein

Lastwagenfahrer niemals verloren geht, weil er mit seinem Haus huckepack unterwegs ist wie Raymond Roussel, etc., etc., etc., all das und noch viel mehr, wie man noch sehen wird, ist Teil der Literatur.

Jetzt erinnere ich mich an eine Süßigkeit, die wir Kinder von Pringles zu jener Zeit vergötterten, eine Art Vorläufer des späteren Kaugummis. Es war eine regionale Besonderheit; wer es erfunden hat oder wann es verschwunden ist, kann ich nicht sagen, ich weiß nur, dass es heute nicht mehr existiert. Es war eine in Wachspapier gewickelte Kugel, zu der ein loses Stäbchen gehörte, alles sehr handgemacht. Man musste die Kugel kauen, bis sie schwammartig wurde und ihr Volumen sich stark vergrößert hatte; wenn sie nicht mehr in unseren Mund passte, wussten wir, dass sie fertig ist. Wir nahmen sie heraus, und sie hatte sich in eine federleichte Masse verwandelt, die die Eigenschaft besaß, vom Wind, dem wir sie auf das Stäbchen gespießt aussetzten, modelliert und in Form gebracht zu werden. Aus diesem Grund muss es eine regionale Süßigkeit gewesen sein: die Winde von Pringles sind Messerhiebe. Es war, als besäße man eine Wolke im Taschenformat und sähe zu, wie sie sich veränderte und die unterschiedlichsten Dinge darstellte ... Es war unschädlich und unterhaltsam ... Der Wind, der uns alle gleich aussehen ließ (er beschränkte sich darauf, allen das Haar zu verwuscheln), verwandelte die Masse in einem fort ... und es lohnte nicht, sich in eine Form zu verlieben, denn schon war sie eine andere und wieder eine andere ... bis sie plötzlich in einer der vielen Formen, die uns minutenlang bezaubert hatten, erstarrte oder kristallisierte, und wir sie wie einen Lutscher aßen.

Ich glaube, ich erwähnte schon, dass mir Chiquito, wenn es nachts schneite, frühmorgens, wenn ich zur Schule ging, als Geschenk einen Schneemann vor die Haustür setzte. Für mich wie auch für Omar, die wir von seinem geheimen Leben nichts wussten, war Chiquito ein Held, mit seinem Lastwagen, groß wie ein Gebirge, und seinen Fahrten quer durch das ganze wunderbare Argentinien ... Die Nachbarn lobten sein gutes Herz, seine etwas kindische Geste, die mehr seinem Namen als seiner herkulischen Gestalt Ehre machte, zu nachtschlafender Stunde, wenn er aufbrach, einen Schneemann zu bauen, nur um mir eine flüchtige Überraschung, eine Freude zu bereiten. In solchen Fällen hatte, wenn ich aus dem Haus ging, schon manchmal der Wind gewütet, und mein Schneemann empfing mich achtarmig oder verstümmelt oder noch häufiger in picassohafter Verrenkung, Nase im Nacken, Nabel am Rücken, beide Schultern auf einer Seite ... Wenn ich mittags heimkam, war nichts mehr übrig: er war geschmolzen.

Aber zwei oder drei Winter vor dem Sommer, in dem der vorliegende Roman spielt, gab es einen Schneemann, der nicht schmolz. Als ich aus dem Haus trat, zuckte ich zusammen. Niemand hatte mir gesagt, dass es geschneit hatte. Es war fast noch Nacht, aber alles gut sichtbar: Vor mir stand, anderthalb Meter hoch, ein Schneemann, der ursprünglich, vor zwei oder drei Stunden, als sich Chiquito vor seiner Abfahrt die Zeit genommen hatte, ihn zu bauen, einer dieser sympathischen, pummeligen Zwerge gewesen sein musste. Mittlerweile hatte es aber aufgehört zu schneien, der Wind blies bereits, und der Schneemann hatte sich auf allen vier Seiten verändert. Das erschreckte mich nicht, im Gegenteil, es amüsierte mich so, dass ich schallend lachte ... Auch dass der Schneemann in ein paar Stunden schmelzen würde, bekümmerte mich nicht ... Ihn dagegen schon.

»Wenn die Sonne aufgeht, und gleich ist es so weit«, sagte er zu mir, »werde ich zu Wasser und versinke im Erdboden.«

»Wenn man sich blamiert, sagt man oft, man möchte am liebsten ›im Erdboden versinken‹«, erwiderte ich. Schon als Kind war ich sehr pedantisch und neunmalklug.

»Aber ich sage das nicht! Ich will nicht sterben.«

Ich schwieg. Da konnte ich ihm nicht helfen. Nun ergriff zu meiner Überraschung der Wind das Wort:

»Das lässt sich regeln.«

Der Schneemann: »Wie?«

»Du musst nur meine Bedingungen akzeptieren.«

»Und ich werde nicht sterben?«

»Niemals.«

»Dann akzeptiere ich, komme, was wolle.«

Hier mischte ich mich ein, da ich es nicht ertrug, bei einer Unterhaltung außen vor zu bleiben:

»Geben Sie acht, das sieht mir verdächtig nach einem Seelenhandel aus, wie der Teufel ihn zu treiben pflegt, zum Beispiel in ...« Ich wollte ihnen schon in allen Einzelheiten die Handlung von *Peter Schlemihls wundersame Geschichte* erzählen, die ich bereits gelesen hatte (mit acht Jahren, ich muss unausstehlich gewesen sein!). Aber der Schneemann unterbrach mich:

»Ich habe doch keine Seele, du Rotzlöffel!« Und zum Wind: »Was sind die Bedingungen?«

»Nur eine: Ich darf dich nach Patagonien mitnehmen, wo die Sonne den Schnee nicht schmilzt, und dort lässt du dich für alle Zeit, in jedem Moment, von uns Winden modellieren. Du wirst ewig leben, aber nicht zweimal die gleiche Form haben.«

»Ha, Schnäppchen! Meine Form hast du ja schon verändert ...«

»Aber da blasen wir immerhin tausendmal stärker als hier.«

»Übertreib nicht. Und überhaupt, ist doch egal. Abgemacht also, los geht's.«

Ich wusste nichts zu sagen (sie hätten mich sowieso nicht beachtet), weil mir der Handel ziemlich fair vorkam ... Aber tut er das nicht immer in solchen Fällen? Waren das nicht die größten Schliche des Teufels? Nur dass es in diesem Fall, wo es um einen Schneemann ging, wirklich fair zuzugehen schien, ohne Pferdefuß. Und dennoch ...

Ich sah, wie sich der Wind mit einem wirbelnden Hopp! den Schneemann auflud und durch die graue Luft des dämmernden Morgens davontrug.

Ich habe nie erfahren, was ich an jenem verlorenen Nachmittag getan habe ...

Im Verlorenen kommt alles zusammen. Es ist ein gefräßiger Schlund. Man kann den Regenschirm verlieren, ein Stück Papier, einen Diamanten, eine Fussel ... Alles wird verdaut. Verlieren heißt, Dinge im Café vergessen liegenlassen. Das Vergessen ist wie eine große Alchemie ohne Geheimnisse, hell und klar, alles verwandelt sie in Gegenwart. Sie macht aus unserem Leben am Ende jenes sichtbare und anfassbare Etwas, das wir in Händen halten, frei von in der Vergangenheit verborgenen Falten. Ich suche es, das Vergessen, in einer Kunstverrücktheit. Verfolge es als meinen gerechten Lohn für Überdruss und Nostalgie ... Wozu arbeiten? Ich wäre lieber schon fertig. Noch eine Anstrengung ... Es würde mir gefallen, wenn alle losen Enden der Fabel in einem erhabenen Augenblick zusammenkämen. Außer man bräuchte vielleicht gar nicht zu arbeiten, um das zu schaffen, in welchem Fall meine Anstrengungen umsonst wären. Oder zumindest … ich hätte mir das besser überlegen sollen … Statt mich hinzusetzen und zu schreiben … über die Schneiderin und den Wind … mit jener Idee von Abenteuer, von Aufeinanderfolge … Nicht dass ich von der Aufeinanderfolge lassen wollte, die das Abenteuer erzeugt … aber mir vorab ausmalen, was alles in der Aufeinanderfolge geschieht, bis ich den Roman vollständig im Kopf gehabt hätte, und erst dann … und nicht einmal dann … Das ganze Vorhaben als ein Punkt, das Aleph, die gänzlich entfaltete Monade, aber als Punkt, als Augenblick … Mein Leben, in die Gegenwart gesetzt, mit allem, was darin geschehen ist, was so viel nicht war, fast nichts. In den Cafés die Zeit verlieren. Ich habe nie erfahren, was ich an jenem verlorenen Nachmittag getan habe …

Nun gut. Wo ich einmal hier bin, bringen wir es zu Ende.

Ich hatte Delia in der Dämmerung zurückgelassen, verloren und wartend. Der Wind kam zurück, mit einer vollkommen grauen Kleinigkeit.

»Ich habe weder das Kleid noch den Nähkasten gefunden. Tut mir leid. Ich weiß sowieso nicht, was du damit wolltest.«

»Und das da?«

»Das ist alles, was ich gefunden habe. Ist das deiner?«

»Ja ... Das war meiner.«

Es war ein silberner Fingerhut, ein kostbares Andenken, in dessen kleine Höhle, dachte Delia, ihr ganzes Leben hineinpasste, von Geburt an. Und jetzt, wo es schien, als sollte es enden oder auf einen irrwitzigen Abgrund zustürzen, sah sie, dass es sich gelohnt hatte, es zu leben, dort in Pringles.

»Das ist kein gewöhnlicher Fingerhut«, sagte der Wind. Ich habe ihn in den Patagonischen Fingerhut verwandelt. Du kannst daraus hervorholen, was immer du willst, was immer dein Herz begehrt, wie groß es auch sein mag. Du musst ihn nur jedes Mal, wenn du dir etwas wünschst, auf Hochglanz polieren, und das übernehme ich, im Polieren bin ich Meister.«

Delia wollte ihm schon antworten, denn sie hatte endlich eine gute Antwort parat, aber da hörte sie ein fernes Geräusch und hob den Blick.

Es kamen Leute, von allen vier Seiten. Miniaturen. Das Ferne hat sich klein gemacht. Die wirklich großen Orte, und Patagonien ist von allen der größte, sind eben dafür da, dass sich die Dinge richtig klein machen können. Spielzeuge waren sie. Vier, und kamen aus den vier Himmelsrichtungen, in einem perfekten Kreuz, dessen Mittelpunkt sie war. Chiquitos Lastwagen, das Paläomobil, das Monster und, Arm in Arm mit dem leeren Brautkleid, der Schneemann. Die beiden Letzteren kamen gemessenen Schrittes, wie Brautleute auf dem Weg zum Altar. Aber die Geschwindigkeit war bei allen gleich, und es war unübersehbar, dass sie in dem Punkt kollidieren würden, an dem Delia sich befand. Sie machte probehalber einen Schritt zur Seite, und die vier Winkel folgten ihrer Bewegung. Es würde ein simultanes Zusammentreffen sein. (Ein passenderes Bild für den Augenblick als Katastrophe wäre mir nie eingefallen.) Es war nichts zu machen. Sie schloss die Augen.

Aber selbst die Simultaneität besitzt eine innere Rangfolge; das ist ein Gesetz des Denkens. Das Wichtigste, das Verhängnisvolle war in diesem Fall, dass das Monster sie gefunden hatte. Vor dieser Tatsache die Augen zu verschließen, war zwecklos, also sah sie hin.

Es war wirklich grauenhaft. Wie ein abstraktes Gemälde, von Kandinsky. Und es schrie:

»Ich bring dich um! Luder! Schlampe!«

»Nein! Nein!«

»Doch! Ich bring dich um!«

»Aaaah!«

»Aaaaaaah!«

Delia fiel auf die Knie. Von dort hob sie zum zweiten Mal den Blick. Das Monster kam auf sie zu. Wenn es im Verlauf dieses Abenteuers schon vorher Anlass zu blankem Entsetzen gab, dieser übertraf und überstieg sie alle. Sie wäre ja davongelaufen. Aber es gab kein Wohin. Sie war in Patagonien, in der Grenzenlosigkeit, und konnte nirgendwo hin: von allen Paradoxien des Moments war das nicht die kleinste.

»Töte mich nicht!«, schrie sie.

»Schnauze, Nutte!«

»Ich bin nicht, was Sie sagen! Ich bin Schneiderin!«

»Schnauze! Dass ich nicht lache! Grrragh!«

Es war enorm gewachsen. Wenige Meter trennten sie ... Da schob sich als letzte Bastion der Wind zwischen sie. Er blies wütend, aber das Monster lachte noch lauter. Wie wenig vermochte der Wind gegen eine Verwandlung! Der Wind ist Wind, sonst nichts. Wie hatte er sich in Delia verlieben können? Wie hatte sie es ihm glauben können? So einfältig kann doch niemand sein. Der ritterliche Don Wirbelwind, der Paladin ... Er blies wie verrückt, um das Monster noch aufzuhalten, aber er war bloß Luft ...

Auch der Augenblick hat seine Ewigkeit. Lassen wir Delia darin zurück und wenden wir uns den anderen beiden Gästen zu.

Chiquito und Ramón stoppten ihre Fahrzeuge in einiger Entfernung und musterten sich einen Moment. Der eine hatte eine entstellte Silvia Balero neben sich, von Sinnen wie ein Zombie. Vom anderen sah man kaum die Augen durch den schmalen Halbmond über dem Fronthorn des rollenden Gürteltiers. Schließlich öffnete der Lastwagenfahrer die Tür, streckte ein Bein heraus ... Ramóns Augen verschwanden aus dem Schlitz, und kurz darauf sprang er aus der hinteren Öffnung. Sie gingen aufeinander zu, ohne sich aus den Augen zu lassen.

»Guten Abend«, sagte Chiquito. »Ich muss Sie um einen Gefallen bitten, für den Fall, dass Sie nach Pringles fahren: Nehmen Sie dieses Fräulein mit. Sie hatte einen Unfall, und hier findet man schwerlich öffentliche Verkehrsmittel.«

»Und Sie?«

»Ich muss weiter Richtung Süden. Ich hole eine Ladung ab, seit heut früh wartet man auf mich in Esquel. Ich bin schon zu spät.«

»Aber danach kommen Sie zurück, und sicher haben Sie Platz für sie.«

»Das Fräulein hat es ungeheuer eilig, nach Pringles zu kommen. Sie heiratet morgen um zehn.«

»Sie heiratet?«

»Das hat sie mir gesagt. Sie können sich vorstellen, wie ihr zumute ist. Sie ist hysterisch. Ich ertrage sie nicht länger.«

»So hat jeder seine Probleme.«

»Stimmt. Ich auch.«

»Aber sich fremde Probleme aufzuhalsen ...«

»Hören Sie, Siffoni, ich habe sie hier gefunden, ich habe ihr lediglich die Tür aufgemacht, wollte sie nicht mitten in der Pampa stehenlassen.«

»Lügen Sie nicht!«, brüllte Ramón, zog die Maske aus der Brusttasche und hielt sie dem anderen vor die Nase.

»Sie haben sie beim Pokern gewonnen. Sie haben sie mir abgewonnen.«

Chiquito seufzte. Eigentlich wusste er das längst, aber er hatte wenigstens sein Glück versuchen wollen. Einen Moment lang schwiegen beide. Ramón hatte sich wieder beruhigt und schlug vor:

»Setzen Sie sie doch einfach am Straßenrand ab. Es wird schon jemand vorbeikommen.«

»Könnte ich tun, na klar. Aber sie ist imstande und macht mir die Hölle heiß. Und dann die Sache mit der Heirat. Könnten Sie mir nicht diesen Freundschaftsdienst erweisen?«

»Sie kennen mich, Larralde. Ich tue niemandem einen Gefallen.«

Die Worte waren eine Losung; sie hatten sich damit verständigt, ohne weiter ins Detail gehen zu müssen. Die Karten würden entscheiden. Und nicht das mit der Balero, die nur ein Vorwand war, sondern das andere.

Hilfsbereit trug der Wind von jenseits des Horizonts alles Nötige herbei: einen Tisch, zwei Stühle, ein grünes Tuch, zweiundfünfzig Karten und hundert rote Perlmuttjetons. Sie setzten sich. Der Tisch war zu groß, von den beiden Enden aus sahen sie sich nur ganz klein, mit zusammengekniffenen Augen, wie zwei Chinesen. Der Wind mischte und teilte aus.

Paris, 5. Juli 1991

César Aira
Die Prinzessin Primavera

Aus dem Spanischen von Christian Hansen
122 Seiten, gebunden mit Schutzumschlag
ISBN 978-3-95757-455-8

Auf einer paradiesischen Insel vor Panama lebt die fleißige Prinzessin Primavera, auch Fräulein Frühling genannt. Sie bangt um ihre berufliche Zukunft, doch es kommt schlimmer als erwartet: Am Strand legt die Kriegsflotte ihres Erzfeinds General Winter an, in dessen Gepäck sich neben Raketenwerfern und allerlei Kriegsgerät auch noch ein sadistischer Weihnachtsbaum befindet. Eine Invasion scheint unvermeidlich, und im Gegensatz zu den Unterhaltungsromanen, mit deren Übersetzung sich die Prinzessin verdingt, ist der Lauf der Dinge ganz und gar nicht vorhersehbar. Ein Pianist, ein blindes Schaf sowie ein Eis in der Waffel bekleiden die Schlüsselpositionen in diesem hakenschlagenden Märchen voller Fallen, Täuschungen und Wurmlöcher.

Mit hinreißendem Charme hebelt Aira die Mechanismen der Literatur aus: Metaphern und Symbole erlangen plötzlich gefährlich konkrete Bedeutung; Mögliches und Unmögliches, Idee und Tatsache sind nicht mehr zu unterscheiden – und der Ausgang der Geschichte ist ungewisser denn je.

Matthes & Seitz Berlin

César Aira
Duchamp in Mexiko *(Essays)*

Herausgegeben und aus dem Spanischen von Klaus Laabs
134 Seiten, gebunden mit Schutzumschlag
ISBN 978-3-95757-139-7

»Duchamp in Mexiko« versammelt drei zentrale Essays César Airas, die ihn erstmals nicht nur als genialen Autor von Novellen und Romanen zeigen, sondern ihm die Möglichkeit geben, sein eigenständiges und stilistisch virtuoses Nachdenken über Kunst und Literatur zu entdecken. Ausgehend von Marcel Duchamp über de Chirico bis Lezama Lima entwickelt Aira in den Texten eine eigene Theorie der modernen Kunst und reicht dem Leser unter der Hand zudem einen Schlüssel für seine eigenen Texte. Mit »Duchamp in Mexiko« überführt César Aira die Avantgarde nun auch konzeptionell ins neue Jahrhundert.

»Aira ist ein Meister der Täuschung. Seine sympathischen, aber wenig zuverlässigen Erzähler verbiegen die Wirklichkeit so lange, bis sie in ihrer surrealen Wirkung schon wieder echt sein könnte.« — Thomas Hummitzsch, *Der Freitag*, Oktober 2016

Matthes & Seitz Berlin

César Aira

Eine Episode im Leben des Reisemalers

Aus dem Spanischen von Christian Hansen
127 Seiten, gebunden mit Schutzumschlag
ISBN 978-3-95757-140-3

Der Augsburger Maler Johann Moritz Rugendas erreicht 1837 zusammen mit Alexander von Humboldt Lateinamerika. Als Landschafts- und Naturmaler soll er die Forschungen des Entdeckers durch Illustrationen unterstützen. Auf dem Weg von Chile nach Buenos Aires passieren sie einen unheimlich anmutenden Landstrich, bald zieht ein nachtschwarzes Gewitter auf und entlädt sich über ihnen. Rugendas wird vom Blitz getroffen. Er überlebt, doch er verfängt sich im Steigbügel und das erschreckte Pferd bricht aus und schleift ihn mit sich. Auch diese Tortur überlebt er, aber sein Gesicht wird aufs Fürchterlichste entstellt. Von nun an im Morphiumrausch, um die Schmerzen zu ertragen, malt er Bilder von atemberaubender Wucht. Auf seiner Jagd nach immer spektakuläreren Motiven wagt er sich eines Tages ins Zentrum eines echten Indianerüberfalls, doch diesmal scheint seine Obsession zu weit zu gehen.

> *»In den Texten des argentinischen Autors bleibt nichts lange vertraut: Ein übelschmeckendes Erdbeereis kann ein ganzes Leben aus der Bahn werfen, eine philosophische Diskussion über die Liebe zivile Opfer fordern.«* — Philipp Böhm, *taz*, September 2016

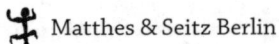 Matthes & Seitz Berlin

César Aira
Der kleine buddhistische Mönch

Aus dem Spanischen von Klaus Laabs
95 Seiten, gebunden mit Schutzumschlag
ISBN 978-3-95757-082-6

Ein fast unsichtbar kleiner buddhistischer Mönch sehnt sich danach, seiner Heimat Südkorea zu entfliehen und die westliche Welt kennenzulernen, von der er nur eine vage, doch großartige Vorstellung hat. Er beginnt verbotenerweise, sich durch den Kanon der westlichen Kultur zu lesen: Kunst, Literatur, Philosophie, Theologie – ach, was studierte er nicht alles! Als er dermaßen gewappnet auf ein französisches Touristenpaar trifft und sie auf einer Reise durch das Land begleitet, erwarten ihn unliebsame Überraschungen. Ein vom Himmel stürzendes selbstmörderisches Pferd ist dabei nur eine bemerkenswerte Begebenheit der an Wendepunkten und Überraschungen reichen, irrwitzig phrasierten und höchst geistreichen philosophischen Novelle.

>*Hier wird eine literarische Schnitzeljagd veranstaltet, nicht um am Ende einen Schatz in der Hand zu halten, sondern aus reiner Freude am Streuen und Kombinieren der Schnitzel. Aira laboriert an keinem verborgenen Thema, sondern immer offen am Text. Von dessen Freiheiten scheint er auf ewig fasziniert.«* — Merten Worthmann, *Die Zeit*, Mai 2015

 Matthes & Seitz Berlin

Der Übersetzer dankt dem Deutschen Übersetzerfonds
für die großzügige Unterstützung seiner Arbeit.

Erste Auflage Berlin 2017

Copyright © 2017 MSB Matthes & Seitz Berlin Verlagsgesellschaft mbH
Göhrener Straße 7, 10437 Berlin
info@matthes-seitz-berlin.de

Titel der Originalausgabe: *La costurera y el viento*
Copyright © César Aira, published by arrangement
with Michael Gaeb Literary Agency

Umschlaggestaltung: Dirk Lebahn, Berlin
Satz: Tom Mrazauskas, Berlin
Druck und Bindung: Pustet, Regensburg

ISBN 978-3-95757-454-1

www.matthes-seitz-berlin.de